晴れた日は図書館へいこう
物語は終わらない

緑川聖司

ポプラ文庫ピュアフル

JN122272

晴れた日は
図書館へいこう
物語は終わらない

もくじ

第一話

二冊の本

「その本をおとなしく差し出せば、命だけは助けてやろう」

真ん中にドクロの描かれた帽子をかぶった海賊《かいぞく》の親分は、そういってニヤリと笑うと、わたしの身長ぐらいありそうな半月刀を、王子の胸元に突き付けた。

甲板《かんぱん》に降り注ぐ太陽の光を受けて、大きな刃がギラリと光る。

赤褐色《せっかっしょく》をした革表紙の本を手に、王子の背中に隠れていたわたしは、その迫力に思わずぶるっと身震いをして、本をかたく抱きしめた。

しかし、王子は眉ひとつ動かすことなく、涼しい顔で海賊をにらみ返すと、胸をそらしていった。

「渡すわけにはいかないな。これは、友人からの大切なあずかりものなんだ」

「度胸のある男だな」

親分は唇の端《はし》を吊《つ》り上げた。

「だが、海の上では、度胸のあるやつは早死にするぜ」

親分が半月刀を振り上げ、王子が腰の長剣に手をかけた瞬間、船がぐらりと揺れて、海面がぐぐぐっと持ち上がった。

ザバッ、と水しぶきをあげながら、海の中からあらわれたのは、体長が十メートル以上はありそうな、巨大なタコだった。

「うわー！」

海賊の仲間たちが逃げ惑う中、タコはその丸太のような触手を大きくしならせると、甲板に思い切り打ちつけた。

バキバキバキッ！　という音とともに、甲板の板がはじけ飛び、船が左右に揺さぶられる。

その衝撃に、バランスを崩したわたしの手から本が飛び出して、タコがいるのとは反対側の海へと落ちていった。

王子がなんのためらいもなく、甲板を蹴《け》って海へ飛び込んでいく。

「王子！」

わたしは王子と本のあとを追って、激しく波打つ海へと――。


――飛び込もうとしたところで目が覚めた。

わたしの体の上半身は、ベッドから大きくはみだして、指先が床に届きそうになっている。

夢占いをするまでもない。ベッドが船、床が海だろう。

わたしは、よいしょ、と声をあげながら、体を船上にひっぱりあげると、枕元にある赤褐色の本を手にとった。

表紙では、大きなリュックを背負った男の人が、本を読みながら砂漠を歩いている。リュックからは、本があふれ出して、いまにもこぼれ落ちそうだ。

そして、その後ろから、背中にはリュック、手には大量の本を抱えた少年が、汗をかきながらついてきていた。

タイトルは『本と旅する王子の物語』。

現役の図書館員という経歴を持つ作家さんの作品で、なによりも本が好きという、ある国の王子が主人公。本を読む時間が減るのが嫌で、王位を継ぎたくなかった王子が、弟に王位を押し付けて国を飛び出し、さまざまな本や人と出会いながら世界中を旅するという冒険物語だ。

第一巻が、王宮図書館の司書さんに協力してもらって、国から脱出するまでを描いた「脱出編」。そして、昨夜《ゆうべ》、寝る前にわたしが読んでいたのが、おととい図書館で借りてきたばかりの第二巻、「冒険編」だった。

新しい本との出会いを求めて、旅を続けていた王子が、酒場で偶然出会った商人から、隣国の王女に渡して欲しいと一冊の本をたくさされる。ところが、本を届けるために海を渡ろうとしたところで、海賊に目をつけられてしまうのだ。

実はその本には、王座を左右するほどの重大な秘密が隠されていて……という話で、どうやらわたしは夢の中で、いっしょに国を脱出したお付きの少年になっていたようだ。

春休みのどこで学年が切り替わるのか分からないけど、もし三月と四月で替わるのなら、六年生になって初めて借りた本ということになる。

けっこうぶ厚い本だけど、少し天然なところのある王子と、心配性の付き人とのやりとりが面白いし、なによりも、とにかく本が好きという王子に共感しまくりで、あっという間に半分以上読んでしまった。

もっとも、自分だったら王子という恵まれた立場を捨ててまで、本の旅に出る勇気はないかもしれない——昨日の夕食後、一巻を読み終えたわたしが、お母さんに感想を話すと、

「その王子はきっと、生まれたときから王子だから、その価値が分かってないのよ」

食後のコーヒーを飲みながら、お母さんはそんな風にこたえた。

「価値？」

薄めた紅茶の入ったカップを手に、わたしが聞き返すと、

「そう。もし努力を重ねて、自分の力で手にいれたものだったら、そう簡単に手放したりはしないでしょうね」

お母さんはにっこり笑っていった。

「はじめから手にしているものほど、その価値が分からなくなるものよ」

わたしはもちろん、王子様でもお姫様でもないけれど、好きな本を好きなだけ読めるいまの生活は、実は王様のように贅沢《ぜいたく》なものなのかもしれない。

わたしは本を置いて、ベッドの上で大きくのびをすると、王座から降りるように、床に

足を降ろした。

リビングには誰もいなかった。お母さんはまだ寝ているみたいだ。

ピザ風トーストとバナナと牛乳で朝食を済ませると、わたしはベランダに出た。

青い空に、まるで海を渡る船のような形をした雲が、ふわりふわりと流れていく。

わたしが住んでいるのは五階建てマンションの最上階で、ベランダに立つと、ちょうど正面に雲峰山《くもみねさん》が見える。

マンションと雲峰山の間に広がっているのが、わたしたちの暮らす陽山町《ようやまちょう》だ。

右手に目を向けると、あと一年間お世話になる陽山小学校が、左手には来年から通う予定の陽山中学校が見える。

そして、真正面にあるのが、今年も来年も変わらずお世話になる雲峰市立図書館だった。

わたしは大きく両手を広げて、胸いっぱいに四月の空気を吸い込むと、部屋に戻った。

可哀《かわい》そうだけど、大人に春休みはない。わたしはお母さんの部屋に入ると、布団《ふとん》にくるまっているお母さんの耳元で、大声をあげた。

「起きろー！　朝だぞー！」

「……うう……ううぅ……」

お母さんがうめき声をあげながら、のろのろと目を開ける。そして、枕元の時計に目をやると、不思議そうにわたしを見た。

「しおり、早いのね。まだ春休みでしょ？」

「なにいってるの。今日は入学式だよ」

わたしがベッドのそばで、腰に手をあてると、

「え!?」

お母さんは目をぱっちりと開いて飛び起きた。

「しおり、もう中学生になったの？」

「なに寝ぼけてるのよ」

わたしは呆《あき》れてため息をついた。

「六年生は、入学式のお手伝いがあるっていってたでしょ」

「あ、そっか……」

お母さんはホッとしたように息を吐きだした。

今日はわたしが通う陽山小学校の入学式。在校生は春休みだけど、五年生と六年生は、お手伝いをするために、朝から学校に集合しないといけないのだ。

「それじゃあ、いってらっしゃい。気をつけてね」

ふたたび布団を引き上げて、二度寝をしようとするお母さんに、

「なにいってるの。今日は朝から取材でしょ？」

わたしはそういって、布団をひきはがした。

お母さんは地元の小さな出版社に勤めていて、十年前にお父さんと別れてから、ひとりでわたしを育ててくれた。

わたしのお父さんは、関根《せきね》要《かなめ》という小説家だ。

この十年間、ずっと会ってなかったんだけど、去年の秋に図書館で開かれた講演会で顔を合わせたことがきっかけで、時々連絡をとるようになった。

そして、いまから一か月前、お父さんの口から、二人が離婚した理由を初めて聞いた。

それは、お父さんが家族よりも仕事を選んだ、という風にも聞こえるし、わたしとお母さんを守ろうとした、という意味にもとれる理由で、正直なところ、わたしはどう考えたらいいのか分からなかった。

たぶん、正解はないのだろう。

そこにはただ、人の思いがあるだけだ。

小学校生活、最後の一年がこれからはじまろうとしている。

この一年で、わたしはもっと二人の話を聞いてみたいし、わたしからもいっぱい話したい。

そして、十年分の思いを少しでも埋められたらいいな、と思った。


「おめでとうございまーす」

在校生の声が、高らかに響き渡る中、おめかしをした新一年生たちが、家族に手をひかれながら次々と正門をくぐってやってくる。

緊張している子、いまにも泣きだしそうな子、家族の手をふりほどいて全速力でかけこんでくる子など、人それぞれだ。

受付の横でその様子をながめながら、わたしは隣の麻紀《まき》ちゃんに、そっとささやいた。

「かわいいね」

「うん」

麻紀ちゃんも、小声で返してうなずいた。

きっと、わたしたちも五年前は、あんな感じだったのだろう。

それが、来年にはもう卒業なのだ。

長かったはずのこの五年間が、一瞬で巻き戻ったような、早送りされたみたいな、言葉にできない不思議な感覚を味わいながら、わたしは次々とやってくる五年前のわたしたちを見守った。

新入生は、門をくぐったところで名前を確認して、担任の先生に名札をつけてもらうと、保護者とお別れする。

保護者には、一足先に入学式会場となる体育館へと向かってもらい、新入生は教室で過ごすのだ。

そこで新入生を教室に案内して、入学式の時間まで一緒に過ごすのが、わたしたちの役目だった。

「じゃあ、いこっか」

わたしは〈たかはし　ひとみ〉と名札のついた女の子の手を引いて、歩き出した。

その小さな手から緊張が伝わってくる。

わたしが数え切れないくらい通った廊下も、この子たちにとっては、生まれて初めての〈学校〉なのだ。

ひとみちゃんに合わせてゆっくり教室に到着すると、中では上級生たちが、思い思いの方法で新入生の相手をしていた。

麻紀ちゃんは歌に合わせて手遊びを、茜《あかね》ちゃんは折り紙を教えている。矢鳴《やなり》くんは、五年生のお楽しみ会のときにも披露していた、ロープマジックを見せているんだけど、それを見ている男の子は、なにがすごいのかいまいち分からないらしく、きょとんとしていた。

みんな、それぞれの得意分野で、新入生を歓迎しているのだ。

となると、わたしはもちろん、読み聞かせだ。

椅子《いす》を動かして、となり合わせに座ると、ひとみちゃんが期待に満ちた目で、まっすぐにわたしを見上げてくる。

一年生のときは、六年生のお兄さんお姉さんが、すごく大人に見えたものだけど、いまは自分が、そのお姉さんなのだ。

はてしなく遠くに見えていた山を目指して歩いているうちに、いつのまにかふもとにたどりついていたような、そんな感覚だった。

　きみもいつかはこうなるんだよ、と思いながら、わたしはひとみちゃんの前に、二冊の本を並べた。

『象つかいの夜』の表紙には、宝石箱をひっくり返したような星空の下で、象と金髪の少年が笑顔で焚《た》き火にあたる様子が描かれている。

『ひまわりの冒険』は、新しく建てられたマンションのせいで日当たりが悪くなった花壇のひまわりが、安住の地を探して冒険する物語で、こちらの表紙では、根っこが足になって麦わら帽子をかぶったひまわりが、元気に歩いていた。

　自他ともに認める図書館のヘビーユーザーのわたしが、今日のために厳選してきた本だ。

　はじめは絵本にしようかなと思ったけど、せっかく初めての〈学校〉なのだ。ちょっと難しいくらいの方が特別感が出ていいと思って、この二冊にした。

「どっちがいい？」

　わたしがたずねると、ひとみちゃんは、真剣な顔でたっぷり悩んで、そのかわいらしい指で、そっと象の鼻を指さした。

　わたしは本を手にとってページをめくると、おなかに力をこめて読み始めた。

「それは、星が降るような夜のことでした――」

父を亡くした夜に、子どもの象と出会った少年。彼は一人前の象つかいになるため、長い旅に出るのだった――。

一年生には難しい話だ。分からない言葉も、たくさんあると思う。

それでも、ひとみちゃんは目をキラキラさせながら、真剣に聞いてくれた。

これからの小学校生活、いろんなことがあるだろうけど、入学式のときに本を読んでくれたお姉さんがいたことを、記憶の片隅にでも残しておいてくれたらいいな、と思いながら、わたしはページをめくった。

入学式が終わって家に帰ると、作り置きのチャーハンと、お湯を注ぐだけの卵スープでお昼ご飯を準備して、テレビをつける。

テレビでは、日本各地の桜の特集をしていた。

遠い遠い街の桜をながめながらチャーハンを食べ終えると、食器を流し台に運んで、本をリュックに詰める。

「いってきまーす」

誰もいない部屋に声をかけてマンションを出ると、わたしは自転車に乗って、ペダルをぐん、と踏み込んだ。

図書館までは、自転車で五分くらいの距離だ。

まだ時間も早いので、わたしは途中で雲峰池に寄り道することにした。

一周二キロくらいの大きなため池なんだけど、池をぐるりと囲む桜並木が有名で、春になると県外からも見物客が訪れるほどだった。

テレビや雑誌の取材も、何度か来たことがあるらしい。

それを見た人からすれば、ここも遠い遠い街のひとつなのだろう。

四月に入ると同時に、早くも散り始めた桜の下は、平日ということもあって、それほど人出は多くなかった。

うちの小学校かどうかは分からないけど、入学式帰りらしい、おめかしした子どもの姿も見える。

わたしが一年生のときは、入学式に桜は咲いていたんだろうか。

記憶をたどりながら、自転車をこぐわたしを追い越すように、強い風が吹いた。

ブワッと花びらが舞い散って、一瞬、視界がピンク色に染まる。

その花吹雪《はなふぶき》に、頭に浮かびかけた光景も覆い隠されて、わたしは桜のトンネルを走り抜けた。

図書館に到着すると、わたしは駐輪場に自転車をとめて、自動ドアをくぐった。

雲峰市立図書館は、クリーム色の外観をした三階建ての建物で、一階には小説と児童書が、二階には実用書が並んでいる。そして三階には「おはなしの会」や「俳句の会」などの集まりに使われる談話室と、講演会なんかにも使われる大きな自習室があった。

館内に入ると、入り口近くのブックスタンドで、モスグリーンのエプロンをつけた女の人が雑誌の入れ替えをしていた。

ゆるくウェーブのかかった栗色の髪をした、その女の人に、わたしは後ろから声をかけた。

「美弥子《みやこ》さん」

「あら、しおりちゃん」

女の人——美弥子さんは、くるっと振り返って、にっこり微笑《ほほえ》んだ。

そして、わたしに一歩近づくと、くんくんと鼻を鳴らすような仕草を見せて、

「雲峰池によってきたの？」

といった。

「においで分かるの？」

わたしがおどろいて聞き返すと、

「これ」

美弥子さんはスッとわたしの頭に手をのばして、桜の花びらをつまみあげた。

「しおりちゃんの家からここまでの間で、一番花が残ってるのは、あそこだから」

「なーんだ」

美弥子さんは、わたしのお母さんのお姉さんの子ども——つまり、わたしの従姉《いとこ》にあたる。

三年前からこの雲峰市立図書館で働いていて、わたしに本のことを教えてくれる、わたしの本の先生で、憧《あこが》れのお姉さんなのだ。

「そういえば、入学式はどうだったの？」

わたしが『象つかいの夜』を読んだことを報告すると、

「それじゃあ、その子が小学校で初めて受けた授業は、しおりちゃんの読み聞かせになるのね」

美弥子さんはそういって、目を細めた。

ある作家さんが、読み聞かせのことを「なにものにもかえがたい、名誉ある仕事」といっていたけど、わたしもそれができたのだろうか、と思うと、なんだかどんどん嬉《うれ》しくなってきた。

貸し出しカウンターで『象つかいの夜』と『ひまわりの冒険』を返却すると、わたしは一階の奥にある児童書コーナーへと足を向けた。

児童書の本棚は、子どもでも遠くが見通せるように、大人向けの本棚よりも低くつくられている。

それでも、小さいころはまるで本の壁に囲まれているみたいだったんだけど、わたしも背が伸びて、いまでは本棚よりも高くなった。

視点が変われば気づくこともある。

それに、児童書コーナーの本棚は、ほかの本棚よりも角が丸くなっているのだ。

それに、本棚の配置も、奥にある円形の絵本コーナーの近くには幼年童話が並んでいたり、調べもの学習に使うような大きな本や図鑑の近くには椅子と机が置いてあったりと、使いやすいようにすごく考えられていた。

わたしは自分の庭のような本の森を、ぶらぶらと歩き出した。

美弥子さんみたいな本選びのプロに、おすすめを教えてもらうのも嬉しいけど、思いがけない出会いを求めて、自分の足で歩き回るのも楽しい。

それに、本をたくさん読んでいると、背表紙とタイトルを見るだけで、その本が自分と相性がいいかどうかが、なんとなく分かってくる。

好みの本は、タイトルの文字が浮かび上がって見えるのだ。

ときおり、通りすがりにトントンと肩を叩《たた》かれるようにして、本に呼び止められることがあるんだけど、そんなときはわたしが本を選んでるんじゃなくて、本がわたしを選んでるんじゃないかと思えてくる。

今日、わたしの肩を叩いたのは『春待つ理』という本だった。

これで〈はるまつり〉と読むらしい。

表紙では、満開の桜の木の下にあるベンチで、女の人がひとり、何かを待つように横を向いている。

わたしは立ったまま本を開いて、読み始めた。

このベンチは、世界で一番はじめに春がくる場所に設置されていて、早く春に会いたい人は、ここにやってくるらしい。

表紙の女の人も、何か事情があって、このベンチで春を待っていた。

すると、同じように春に会いたい事情を抱えた人たちが、次々と集まってきて……。

なんだか不思議な雰囲気の話だったので、わたしは奥付を開いてみた。

奥付というのは、その名の通り、本の最後にあるページで、作者の名前や出版社名、発行年月日なんかが書いてあるんだけど、本によっては、そこに作者の簡単なプロフィールも載っている。

この物語の作者は劇作家――お芝居の脚本を書く人で、今回は代表作でもあるお芝居の内容を、小説に書き直したということだ。

小説が原作のお芝居ではなく、お芝居が原作の小説というのが新鮮で、わたしは借りることにした。

立ち去ろうとしたわたしの手が、自然に本棚にのびて、『魔女かもしれない』を引っこ抜く。

平凡に暮らしていた中学生が、ある日突然、〈王様〉や〈怪盗〉だと分かって大騒ぎになる『～かもしれない』シリーズの最新作だ。一作目の『王様かもしれない』と続編の『怪盗かもしれない』が面白かったので、こちらもキープする。

春休みは宿題がないので、塾も習い事もないわたしにとっては、本が読み放題だった。もう一冊ぐらい選ぼうかな、と思って、本棚の角を曲がったところで、髪をポニーテールにした女の子を見つけて、わたしは足を止めた。

名前はたしか、武生《たけふ》怜耶《れいや》さん。同じ陽山小学校の六年生なんだけど、彼女は五年生のときに関西から引っ越してきて、同じクラスになったことがないので、体育の合同授業で少し喋《しゃべ》ったことがあるくらいだ。

声をかけようかどうしようかと迷っていると、武生さんは本棚に顔を近づけて、『魔女たちの静かな夜』を抜き出した。

作者は雲峰市在住の作家、水野《みずの》遠子《とおこ》さんで、人間が入ってはいけない魔女の森に立ち入ってしまった少女をめぐる、やわらかな読み心地のファンタジー小説だった。

武生さんが小さく口をとがらせて、その表紙をながめていると、

「あ、わたしの本」

とつぜん、小さな子どもの声がした。

「え？」

武生さんが面食らったように顔をあげる。

わたしとは反対側から、幼稚園の年中さんくらいの女の子が、とことこと近づいてきた。

女の子は武生さんの前で立ち止まると、『魔女たちの静かな夜』を指さして、笑顔でいった。

「それ、カナの本」

「かなのほん……？」

武生さんが目をぱちくりとさせている。知らずに聞けば、あいうえおを学ぶための本のように聞こえるだろう。わたしは助け舟を出すことにした。

「カナちゃん」

わたしが女の子の名前を呼ぶと、カナちゃんは、わたしの方へとかけよってきた。

「おねえちゃん」

わたしはひとりっ子なので、こう呼ばれると、なんだかくすぐったい気持ちになる。

「茅野《かやの》さん？」

武生さんがわたしに気づいて、おどろいたように目を見開いた。

「この子、茅野さんの妹さん？」

「そうじゃないの」

わたしは、カナちゃんとは図書館で知り合ったお友達で、武生さんが手にしている本の作者の娘さんなのだと事情を説明した。

「ああ、だから〈わたしの本〉か」

武生さんは納得したようにうなずいた。

実は、カナちゃんがそう主張するのにはもうひとつ、個人的な理由があるんだけど、そこまで話す必要はないだろう。

武生さんはしゃがみこんで、カナちゃんと目の高さを合わせると、

「これ、わたしが借りていってもええかな？」

関西のイントネーションが残る口調で聞いた。

「いいよ。貸してあげる」

カナちゃんがいばるようにいう。

それを聞いて、武生さんはにっと笑うと、

「実は、おねえちゃんにも、〈わたしの本〉があるんやで」

秘密を打ち明けるようにいった。

「ほんと？」

カナちゃんは、とびはねるようにして喜んだ。

「いっしょだね」

そのかわいらしい仕草に、わたしと武生さんの顔が自然とほころんだ。

カナちゃんがお母さんの姿を見つけて去っていくと、わたしはあらためて、武生さんにたずねた。

「武生さんの〈わたしの本〉って、どんな本なの？」

「怜耶でいいよ」

「え？」

「武生って、いいにくいやろ？　友だちは、みんな〈怜耶〉って呼んでるから」

「じゃあ、わたしも〈しおり〉でいいよ」

わたしはそういうと、あらためて怜耶ちゃんに聞き直した。

「それって、お気に入りの本のこと？」

「うーん……っていうか、わたしが生まれたときに、お母さんが、わたしのために買ってくれた本なんやけど……この図書館にもあるかな？」

「タイトルが分かれば、検索機でどこにあるか調べられるよ」

「そっか。かや……しおりちゃんって、図書館にはよく来るん？」

「だいたい、週に二、三回は来てるかな」

「そんなに？」

怜耶ちゃんは目を丸くして、それから真剣な顔でいった。

「それやったら、ちょっと相談に乗ってもらってもいいかな？」

「相談？」

「うん。お母さんにプレゼントする本を探したいんやけど、どうやって探したらいいか、分からへんねん。よかったら、手伝ってくれへん？」

「もちろん」

わたしは、ぶん、と音がしそうなくらい勢いよくうなずいた。

本探しの前に、わたしは怜耶ちゃんの〈わたしの本〉を教えてもらうことにした。

お目当ての本は、児童書コーナーの読み物の棚で、すぐに見つかった。

タイトルは『たたかうおひめさま』。

生まれたときにもらったといってたから、もっと小さい子向けの幼年童話かと思ってい

たけど、棚で見つけた本のうしろには、小学校中学年から、と書いてある。

図書館で知り合った児童書作家の夏目《なつめ》さんによると、本に書かれている対象年齢は〈この年齢以上じゃないと読めませんよ〉という制限ではなく、作者が読者として想定している年代の目安にすぎないので、中学生向けの本を小学生が読んでもいいし、七十歳の人が幼年向けの童話を読んでも、もちろんかまわない。

というか、むしろ嬉しいらしい。

ただ、書く側としては、ある程度読者の年齢層のイメージを固めた方が、書きやすいのだそうだ。

「特に児童書の場合は、学年がひとつ違うだけで、ずいぶん世界が変わるからね。登場人物の口調とかまわりとの関係の作り方が、ぜんぜん違ってくるんだ」

去年デビューしたばかりの、新人作家の夏目さんは、そういって頭をかいた。

たしかに、ひとみちゃんとわたしでは、同じ場所で同じものを見ていても、見える世界が全然違うだろう。

それでも、入学式を待っている間、一冊の本を挟んで時間を共有できたように、受け取るものは違っても、別の世代に向けて書かれた物語が、意味がないとは思わない。

わたしは近くの椅子に座って、本を開いた。

物語は、叔父《おじ》の大臣の陰謀《いんぼう》で、おひめさまが塔《とう》に閉じ込められるところからはじまる。

おひめさまは、はじめのうちは自分を助けてくれる王子様を待っているんだけど、いつまで経っても誰もこないので、自力で塔を抜け出す。

その後、身分を隠して城下町で仲間を集めたおひめさまは、塔と城下町の二重生活を続けながら、国をわがものにしようとする叔父と対決するのであった――。

ほとんど文字ばかりの本だったけど、最初の方を読んでみて、わたしにはなんとなく、この本を生まれて間もない女の子に贈る気持ちが、分かる気がした。

「きっと、怜耶ちゃんに強く育って欲しかったんだね」

わたしがそういうと、

「でも、このおひめさま、ちょっと強すぎへん？」

怜耶ちゃんは照れたように笑った。

お母さんが読み聞かせをしてくれたから、小さいころから話の内容は知っていたけど、初めて自分で読んだのは去年になってからのことだったそうだ。

引っ越しの準備をしているときに、ひさしぶりに見つけて、懐かしくて手にとったらしい。

「〈わたしの本〉があるのって、いいね」

わたしはうらやましくなっていった。

「しおりちゃんには、そういう本はないの？」

「うーん……」

家には、赤ちゃんのころから何度も読んでもらった絵本がたくさんあるし、大きくなってからお母さんにねだって買ってもらった本も、自分のお小遣いで買った本もある。だけど、それらは自分の本ではあっても、怜耶ちゃんのような括弧《かっこ》つきの〈わたしの本〉ではない。

もっとも、わたしの名前は「物語は、いつでもそこから始まる」という意味をこめて、本のしおりからとられているので、それが本に関係したわたしだけの贈り物といえるかもしれないな——そんなことを考えていると、

「それから、もう一冊は……」

と怜耶ちゃんが言い出した。

「え？　二冊あるの？」

「うん。『竜のもりびと』っていう絵本なんやけど……」

その本なら知っている。

たしか、おとなしい男の子が、竜の飼育係をめざす物語で、人間にはなかなか気を許さない竜が、男の子の優しさに触れて、少しずつ心を開いていくのだ。

わたしが絵本コーナーから『竜のもりびと』を持ってくると、

「そう、それそれ」

怜耶ちゃんが嬉しそうに本を指さした。

こちらは絵本と読み物の中間ぐらいで、本に慣れている子なら、幼稚園の年長さんぐらいになれば、ひとりでも読めるだろう。

わたしは二冊の本をテーブルに並べて、腕を組んだ。

どちらもおすすめしたくなる本だけど、この二冊を生まれたばかりの赤ちゃんにプレゼントするというのは、ちょっと意外な選択だった。

なにか理由があるのかな、と考えていると、

「もうすぐ、お母さんの誕生日やねん」

怜耶ちゃんがぽつりといった。

「いつもは手紙を書いたり、家のお手伝いをしたりしてたんやけど、今年はお小遣いをためて、何かプレゼントしたくて……」

何にしようかと考えていたときに、ちょうどこの本が目に入ったので、お母さんのために本を選ぶというのはどうだろうと思い、今日はその下調べのため、図書館に来ていたの

だそうだ。

「実は、前から『なんでこの二冊なんやろ』とは思っててん」

　怜耶ちゃんは本を前にして、口をとがらせた。

「お母さんに、理由を聞いてみたことはないの？」

　わたしの言葉に、怜耶ちゃんは小さく首をふった。

「あるけど、『なんとなくいいかなって思って』とか『覚えてない』みたいな、あやふやな返事ばっかりで……でも、なんか理由がありそうな気がするねん」

　怜耶ちゃんは眉を寄せて、二冊の本をにらむように見つめた。

　わたしも同じように、となりでじっと本を見比べていると、

「怖い顔して、どうしたの？」

　頭の上から声が降ってきた。

　顔をあげると、美弥子さんが本を両手に抱えて、不思議そうにわたしたちを見ていた。

「あ、美弥子さん」

　わたしは怜耶ちゃんに、

「従姉のお姉さんで、ここの司書さんをやってる美弥子さん。すっごく頼りになる、本の探偵さんみたいな人なの」

　美弥子さんのことを、そんな風に紹介した。

「探偵さん？」

怜耶ちゃんが目を丸くする。

「なあに？　なにか事件でも起きたの？」

苦笑する美弥子さんに、

「事件じゃないけど、ちょっと相談に乗って欲しいことがあるの」

わたしはそういってから、怜耶ちゃんに向き直った。

「さっきの話、美弥子さんに相談してもいいかな？」

小声とはいえ、いつまでも閲覧室《えつらんしつ》で喋り続けるわけにはいかない。

美弥子さんはカウンターの玉木《たまき》さん――お母さんと同い年くらいの女の人で、厳しいときもあるけど、いつも図書館とその利用者のことを一番に考えてくれている、わたしの大好きな職員さんだ――に声をかけると、わたしたちを三階へと連れて行った。

談話室に入って、『たたかうおひめさま』と『竜のもりびと』を机に置くと、あらためて事情を説明する。

「なるほどね……」

話を聞き終わった美弥子さんは、身を乗り出すようにして、怜耶ちゃんに顔を近づけた。

「つまり、武生さんは、お母さんがどういう理由でこの本を選んだのかを知りたいのね？」

怜耶ちゃんが、こくんとうなずく。

「もしかして、出てくる人の名前が同じとか……」

美弥子さんが『たたかうおひめさま』をパラパラとめくりながらいった。

だけど、怜耶ちゃんは首を振って、

「それはないと思います」

と答えた。

たしかにそれなら、怜耶ちゃんが読んでいて気がつくはずだ。

怜耶ちゃんにそっくりなイラストが描かれてるのかも——一瞬、そんな考えが頭に浮かんだけど、わたしはすぐにそれを追い払った。

生まれたばかりの赤ちゃんに、そっくりというのは考えにくいし、そもそも『竜のもりびと』には、赤ちゃんのイラストはなかったと思う。

ちなみに『たたかうおひめさま』の主人公には名前がなくて、ずっと〈おひめさま〉としか書かれていない。たぶん、読者が自分を主人公にできるよう、あえて名前をつけなかったのだろう。

「怜耶ちゃんのお母さんが、この二冊の作者と知り合いだったっていうことはない？」

わたしは本の奥付を開いて、作者のプロフィールを見ながらいった。

怜耶ちゃんは、「うーん」と首をひねって、

「そんな話は聞いたことないし、それやったら、教えてくれると思う」

と答えた。

「結局、この二冊にどういう共通点があるのかということよね……」

本を前にして、美弥子さんがつぶやく。

それを聞いて、わたしはふと、

(どうして二冊なんだろう)

と思った。

「お父さんとお母さんから一冊ずつっていうことはないの？」

わたしの問いかけに、

「それはないねん」

玲耶ちゃんは首を振った。

「わたしが生まれたときは、お父さんがおらへんかったから」

「え？　そうなの？」

「うん」

玲耶ちゃんのお母さんは、玲耶ちゃんをひとりで産んだ、いわゆるシングルマザーで、玲耶ちゃんが小さいころは実家の助けを借りていたけど、それでもかなり大変だったらしい。

「わたしも、そのころのことは全然覚えてないんやけどね」

いまのお父さんとは、玲耶ちゃんが二歳になる前に結婚した。

玲耶ちゃんを保育園にあずけながら働いていたお母さんの、職場の先輩なのだそうだ。

「すっごい優しいで」

怜耶ちゃんは、本当に嬉しそうにいった。

ちなみに、二冊の本はどちらもお母さんが買ったものだということだ。

そうなると、やっぱりどうしてこの二冊なのかという疑問に戻ってくる。

「お母さんの誕生日って、何日なの？」

わたしの問いに、怜耶ちゃんが口にしたのは、二日後の始業式の日付だった。

もちろん、この二冊の本の謎《なぞ》が解けなくても、プレゼントを選ぶことはできる。怜耶ちゃんが一生懸命選んだ本なら、お母さんもきっと喜んでくれるだろう。

だけど、きっと怜耶ちゃんは、この機会に前から疑問に思っていた〈わたしの本〉の謎を解きたいと思っているのだ。

「そういえば、武生さんのお誕生日はいつなの？」

本を交互に手にとって、ぱらぱらとめくっていた美弥子さんが、怜耶ちゃんに聞いた。

「わたしは六月三十日ですけど……」

怜耶ちゃんが答える。

「なるほどね」

ページをめくりなおす美弥子さんの表情を見て、わたしはピンときた。

「美弥子さん、もしかして分かったの？」

「もしかしたら、こういうことじゃないかしら」

二冊の本の奥付を開いて、ある部分に指をおいた。

顔を近づけた怜耶ちゃんが、目を大きく見開いて、絶句する。

わたしもそれを見て、

「あっ……」

と声をあげた。

二冊の本の発行日は、どちらも十二年前の六月三十日——つまり、怜耶ちゃんの生年月日になっていたのだ。

だから、二冊とも〈わたしの本〉だったのか——。

怜耶ちゃんのお母さんが、はじめから同じ発行日の本を求めて本屋に行ったのかどうかは分からない。

だけど、怜耶ちゃんが生まれて、怜耶ちゃんのための本を探していたお母さんは、この二冊を見つけて、おそらく運命のようなものを感じたのだろう。

だから、二冊とも買って、怜耶ちゃんに贈ったのだ。

「美弥子さん、すごい」

わたしも奥付を見ていたはずなのに、日付には気づかなかった。

美弥子さんは、ふふっと笑うと、

「二冊とも、だいたい十年くらい前の本だったから、もしかしたらと思ったの」

と答えた。そして、なんだか気が抜けたような顔で座っている怜耶ちゃんに話しかけた。

「誕生日が、ちょうど三十日っていうのも、よかったのかもしれないわね」

「どうしてですか？」

　怜耶ちゃんが聞き返す。

「出版社にもよるけど、奥付の発行日はきりのいい日になることが多いみたいだから」

　美弥子さんによると、本の奥付に載っている発行日は、必ずしもその本が印刷されたり、書店に並べられる日とは限らないらしい。

「だって、印刷所で製本した本を、全国の本屋さんに同時に届けることはできないでしょ？」

　美弥子さんの言葉に、わたしはうなずいた。たしかに、印刷所と同じ町にある本屋さんと、遠くにあったり、海を渡らないといけない町にある本屋さんとでは、場合によっては何日も差が出てしまう。

「だから、実際の発行日よりも、少し先の日付にしておくことが多いのよ」

　そのとき、月末というのは、ひとつの目安になるのだそうだ。

「あ、でも……」

　怜耶ちゃんが何かに気づいたように、声をもらした。

「そうなの」

　美弥子さんが複雑な表情を浮かべて、

「同じ方法で〈お母さんの本〉を見つけるのは、ちょっと難しいかもね」

といった。

「あ、そうか」

もとはといえば、怜耶ちゃんがお母さんにプレゼントする本を選ぶ参考にするために、二冊の本の謎を解こうとしていたのだ。

だけど、生まれたばかりの赤ちゃんとは違って、三十年以上前の本ともなれば、図書館にはあっても、本屋さんで買うのは難しそうだ。

「長い間読み継がれているロングセラーか、古本屋さんで探すしかないでしょうね」

気づかわしげに怜耶ちゃんを見る美弥子さんに、

「でも、手掛かりができただけでも、良かったです。それに、もし見つからなくても、〈わたしの本〉の秘密が分かったって、お母さんに報告できるし」

怜耶ちゃんは明るい声でそういうと、背筋をのばして、深々と頭をさげた。

「探偵さんにおねがいしてよかったです。ありがとうございました」

「いえいえ、お役にたてたのなら、よかったです」

美弥子さんがていねいにお辞儀を返す。

依頼が解決したので、わたしたちは部屋を出て、一階に戻った。

「また学校で」

手を振りながら帰っていく怜耶ちゃんを見送ると、わたしは自分の〈わたしの本〉を探すため、あらためて児童書のコーナーへと足を向けた。

「あー疲れた」

始業式の翌日。

ひさしぶりの六時間授業を終えて、わたしが自分の席で大きく伸びをしていると、

「しおりちゃん」

扉の近くでわたしを呼ぶ声がした。

「あ、怜耶ちゃん」

陽山小学校では、五年生から六年生にあがるときはクラス替えがない。

だから、六年生になってもわたしは三組、怜耶ちゃんは四組のままだ。

「どうしたの？」

わたしが怜耶ちゃんにかけよると、

「ちょっと、相談があるんやけど……」

怜耶ちゃんはつぶやくようにいって、まっ白な上靴に視線を落とした。

「プレゼントのこと？」

わたしが聞くと、怜耶ちゃんは一瞬、間を空けてから、無言でうなずいた。

とりあえず、詳しい話を聞くために、わたしたちは一緒に帰ることにした。

学校を出て、少し歩いたところにある小さな公園のベンチに並んで座る。

公園の桜はほとんど散ってしまい、緑の葉の合間に、ピンク色をした花の名残《なごり》がちらほ

らとのぞいているだけだった。

「これなんやけど……」

怜耶ちゃんは通学用のリュックの中から、一冊の文庫本を取り出した。

タイトルは『エッダの手帳』。

エッダというのは、北欧神話について書かれた何百年も前の文書のことで、学者だったお父さんの遺品から未発表のエッダを発見した女子大生の主人公が、現代の日本と中世の北欧を行き来しながら文書の謎を解く、歴史ＳＦファンタジーなのだと、怜耶ちゃんが教えてくれた。

作者は、大人向けと子ども向けの両方でファンタジー小説を書いている有名な作家さんで、奥付の発行年月日は昨日——今年の始業式と同じ日付だった。

「お母さんとおんなじ年に生まれた本も見つけたけど、良さそうな本は、もう売ってなかったねん」

わたしの手元をのぞきこみながら、怜耶ちゃんが残念そうにいった。

あのあと、怜耶ちゃんはまず家のパソコンから図書館のホームページにアクセスして、蔵書検索をしたらしい。

ただし、ホームページの検索では、出版年を指定することはできるけど、日付までは分からない。

そこで、その年に出版された本の中から、お母さんの好きそうな本をメモして、本屋さんに行ったんだけど、どの本も売ってなかった。

どうしようかと思っていたところ、新刊のコーナーに並んでいた『エッダの手帳』が目に入ったのだそうだ。

「日付もそうなんやけど、内容がお母さんにぴったりやったから……」

「そうなの？」

「うん」

怜耶ちゃんのお母さんは、大学生のときに北欧神話を専攻していて、将来の夢は、いつか北欧に行ってオーロラを見ることなのだそうだ。

「それじゃあ、お母さん、喜んだでしょ？」

わたしがいうと、怜耶ちゃんは表情をくもらせて、肩を落とした。

「わたしもそう思ったんやけど……」

「喜んでなかったの？」

「うーん……本はよろこんでくれたと思う」

怜耶ちゃんはなんだか含みのある言い方をした。

そのまま黙ってしまったので、わたしも何も言わずに怜耶ちゃんが話し出すのを待った。

相手が本当に話したいことを話すのは、こちらから何かを聞いたときではなく、何も聞かなかったときだと聞いたことがある。

暖かい風に吹かれながら、柴犬を連れたおじいさんが目の前を通り過ぎるのをながめて

いると、

「本を渡すとき、『わたしにくれたあの二冊の本も、わたしと誕生日がいっしょなんやね』っていったら……」

　怜耶ちゃんは元気のない声で話を再開した。

「お母さん、急にだまりこんでしもて……ちっちゃな声で『ありがとう』っていってくれたんやけど、なんかわたし、悪いことといったみたいで……」

「どうして？　なにも悪いことなんかいってないよ」

　わたしがそういうと、怜耶ちゃんはまたしばらく黙ってしまった。

　そして、さっきよりも長い沈黙のあと、

「しおりちゃんって、お母さんと仲いい？」

　とうとつに、そんなことを聞いてきた。

「え？　えっと……普通にいいと思うけど……」

　ほかの家と比べてどうなのかは分からないけど、本が好きという共通点があるので、仲は悪くないと思う。

「怜耶ちゃんは？」

　お母さんのプレゼントをこれだけ一生懸命探すくらいだから、仲が悪いということはないだろうと思いながら聞き返すと、

「うちも、仲いい方やと思うんやけど……」

怜耶ちゃんは足元に目を落としながら、口先に爆弾でものっているかのように、そっと次の台詞《せりふ》を口にした。

「わたし、お母さんが二人いるんと違うかな」

怜耶ちゃんには、昔からずっと気になっていることがあった。

それは、赤ちゃんのころの写真――生まれてから三か月目くらいまでの写真が、ほとんどないことだ。

「お母さんは、ひとりで育てるのに忙しくて、写真を撮る余裕がなかったっていうんやけど……」

写真の代わりに、どんな赤ちゃんだったのかを聞いたりしても、なんとなく答えにくそうにしたり、すぐに話題を変えたりするらしい。

「だから、もしかしたら何か事情があって、生まれて何か月かしてから、いまのお母さんが引き取ってくれたんかな、とか想像してしもて……」

「でも……」

詳しいことは分からないけど、女性がひとりで赤ちゃんを引き取ることってできるのかな――わたしがそう口にすると、

「うーん……たとえば、家族がとつぜん亡くなったりして、ほかに引き取る人がいなかっ

たらできると思うけど……ただ、それならそれで、写真がないのはおかしくない？　だから、もしかしたら、そのときにはもういまのお父さんと結婚してたのかも……」

一度口にしたことで、話しやすくなったのか、怜耶ちゃんは疑問に思っていたことをすらすらと続けた。

「けど……」

わたしは首をかしげた。

「だったら、どうして怜耶ちゃんのお母さんは、怜耶ちゃんが生まれた後に、お父さんと結婚したっていってるの？　赤ちゃんを引き取ったことを隠していたとしても、結婚してたことまで隠さなくていいんじゃない？」

「それはたぶん、血液型の矛盾をごまかすためやと思う」

この疑問については、すでに考えていたのか、怜耶ちゃんはすぐに答えた。

怜耶ちゃんのお母さんの血液型はO型で、お父さんはB型。

そして、怜耶ちゃんはA型なのだそうだ。

O型とB型の両親から、A型の子は生まれない。

怜耶ちゃんが生まれた時点で、いまのお父さんと結婚していたとすると、血液型が矛盾してしまう。

だから、お父さんとは生まれた後に結婚したことにして、話のつじつまを合わせようとしたんじゃないか、というのが怜耶ちゃんの推理だった。

たしかに、筋は通っている。

「つまり、本が二冊あるのは、お母さんが二人いるからっていうこと?」

わたしがあらためて確認すると、怜耶ちゃんはうなずいて、元気のない声で口を開いた。

「たぶん、わたしを生んだ人がどっちかの本を買って、それを見たお母さんが、同じ発売日の別の本を、あとから買ったんやないかな」

「でも……」

同じ誕生日の本を二冊見つけて、お母さんが二冊とも買った可能性もあるんじゃない?と言いかけて、わたしは言葉をのみこんだ。

それだと、写真がないことが説明できないし、なにより、怜耶ちゃんがお母さんの態度に疑問を感じているのだ。

長年いっしょに暮らしている怜耶ちゃんがそういうのなら、お母さんが何かを隠しているのは、間違いないような気がした。

わたしが難しい顔でうなっているのを見て、怜耶ちゃんがあわてたように口を開いた。

「別に、お母さんが嫌いとか、そういうわけやないで。血がつながってるかどうかが気になってるわけでもないねん。いまさら何をいわれたところで、わたしのお母さんはお母さんだけやし。ただ……」

「そうだよね」

わたしは怜耶ちゃんの言葉を引き取った。

「何か事情があったとしても、その事情を話してもらえないのは、さびしいよね。でも、あとは直接聞いてみるくらいしか……」

ためらいがちに口にしたわたしの台詞に、怜耶ちゃんはかすかに笑みを浮かべて、

「それはちょっと難しいかな……」

といった。

たしかに、聞けるならもう聞いているだろうし、疑いが生まれてしまった以上、そんなことはないと否定されても、心にささくれは残ってしまう。

見上げると、色が抜けたような淡い水色の空を、綿を薄くひきのばしたみたいな細長い雲が、まるで竜のようにひらひらと通り過ぎていった。


「どうしたの？」

夕食を終えて、牛乳たっぷりの紅茶を飲んでいると、お母さんがコーヒーカップを手に、わたしの顔をのぞきこんだ。

「なにが？」

わたしが顔を上げると、

「ため息。もう三回目よ」

お母さんはそういって、わずかに眉を寄せた。

「え？　ほんと？」

気づかないうちに、何度もため息をついていたらしい。

公園を出るとき、「聞いてくれてありがとう」といいながら、力のない笑みを浮かべていた怜耶ちゃんのことを思い出していたせいだろう。

せっかく素敵なプレゼントのお手伝いができたと思ったのに、結果的に、怜耶ちゃんの悩みを増やしてしまった気がする。

だけど、怜耶ちゃんの家のことに、わたしがあまり口を出すわけにもいかないし……。

「ほら、また」

「あ」

わたしはあわてて口をおさえた。

「悩み事？」

目の前に座るお母さんが、両手でほおづえをついて、ぐっと顔を寄せてくる。

わたしが迷った末に、

「となりのクラスの、武生さんの話なんだけど……」

と話を切り出すと、

「ああ、関西から転校してきた子ね？」

予想外の反応が返ってきた。

「お母さん、知ってるの？」

「去年、広報委員会でいっしょだったの」

うちの学校では、子どもが卒業するまでの間に、なるべく一回はＰＴＡの委員をして欲しいといわれている。

去年、お母さんは雑誌編集の仕事を活かして、広報委員をやっていた。

怜耶ちゃんのお母さんとは、そこで知り合ったのだそうだ。

「二か月に一回くらい、学校で編集会議があるんだけど、帰る方向が一緒だったから、何度かお茶したことがあるの」

「それじゃあ、怜耶ちゃんのおうちの事情も知ってるの？」

「お父さんのこと？　知ってるわよ。しおりの悩み事って、そのことが関係してるの？」

「これは、怜耶ちゃんのお母さんには内緒にしておいて欲しいんだけど……」

わたしは入学式の日に、図書館で怜耶ちゃんと会ったことと、〈わたしの本〉の謎を美弥子さんに解いてもらったことを、簡単に説明した。

それから、少し考えてから、今日聞いた怜耶ちゃんの悩みについて話した。

わたしは怜耶ちゃんのお母さんのことを知らないけど、直接会ったことのあるお母さんなら、何か気づくことがあるんじゃないかと思ったのだ。

「お母さんが二人ねえ……」

話を聞き終えると、お母さんはコーヒーカップを手に、しばらく何か考えていたけど、

「『エッダの手帳』っていってたわよね？」

そういって、スマホで検索をはじめた。

「へーえ、面白そうね。読んでみようかな」

「怜耶ちゃんのお母さんって、北欧神話が好きなんだって」

画面をスライドさせて、本の内容を確認していたお母さんは、わたしの言葉に顔をあげて、

「娘さんの下の名前、レイヤちゃんだったっけ？」

と聞いてきた。

「え？　そうだけど……」

わたしはメモ用紙を引き寄せると、漢字で名前を書いてみせた。

お母さんは、その二文字をじっと見つめていたけど、やがて、ぽつりとつぶやいた。

「偶然かな……」

「なにが？」

お母さんは、わたしの問いには答えずに、

「いっそのこと、怜耶ちゃんのお母さんに、直接聞いてみましょうか」

といった。

「え？」

わたしがびっくりして、目を丸くしていると、

「広報委員の最後の会議のときに、またお茶しましょうねっていって、それっきりになっ

てたの。いい機会だから、うちに誘ってみるわ」

お母さんはそういって、かたい表情でコーヒーを飲み干した。

「おじゃまします」

ケーキの箱を手に、約束の時間ちょうどにやってきた怜耶ちゃんのお母さんは、丸いフレームの眼鏡《めがね》をかけた、おとなしそうな雰囲気の人だった。

日曜日の午後。

お母さんは本当に怜耶ちゃんのお母さんに連絡をとって、うちに招待していた。

どうやら、お母さんに何か考えがあるようだ。

ちなみに、怜耶ちゃんはこの時間、ダンスを習いに行っているらしい。

金曜日の放課後、怜耶ちゃんが三組の教室に来て、

「お母さんが、しおりちゃんのところに遊びに行くっていってたよ」

と教えてくれたので、わたしはこの間の件を、お母さんに相談したことを話した。

もともとは、わたしが怜耶ちゃんから聞いた話だったので、怜耶ちゃんのお母さんにどこまで打ち明けていいのかなと思っていると、怜耶ちゃんは何かを決心したような顔で、

「しおりちゃんにまかせる。なんでも話してくれていいからね」

といってくれた。

そんなことを思いだしながら、緊張してテーブルについていると、

「あなたがしおりちゃんね？　はじめまして。怜耶がいつもお世話になってます」

怜耶ちゃんのお母さん――莉久《りく》さんというお名前だと、お母さんに教えてもらった――は、そういって頭をさげた。

わたしもあわてて、お辞儀を返す。

実家は関西だけど、雲峰市の隣県に住んでいたこともあるらしい。怜耶ちゃんは、生まれてからずっと関西だったので、家族の中で一番関西弁が残っているのだそうだ。

「莉久さん、この間、お誕生日だったんでしょう？」

コーヒーをかきまぜながら、お母さんがいうと、

「怜耶から聞いたのね」

莉久さんは苦笑して、それからわたしを見た。

「そういえば、一緒に図書館で本を探してくれたんですってね？　どうもありがとう」

「あ、いえ……」

わたしはどう返事をすればいいのか分からなくて、頭をさげた。

「わたしも読んだのよ」

お母さんは『エッダの手帳』をテーブルの上に出した。

「面白くて、一気に読んじゃった」

それから、ケーキをつつきながら、

「莉久さんの北欧神話好きって、もしかしてご両親から受け継いでる？」

といった。

「どうして分かったの？」

ちょっとおどろいたように目を見開く莉久さんに、お母さんは質問を続けた。

「それから、もうひとつ立ち入ったことを聞くんだけど……結婚したとき、苗字《みょうじ》が変わらなかったんじゃない？」

莉久さんは言葉を失って、何度も瞬《まばた》きを繰り返した。

お母さんはやわらかく笑うと、

「ごめんなさい。実は、しおりからある話を聞いていて……」

そう前置きをして、怜耶ちゃんが抱えていた悩みを説明した。

話を聞き終わると、莉久さんは、はあ、と息を吐きだして、

「なんだか様子がおかしいと思ってたのよね」

そういうと、ティーカップをゆっくりと口元に運んだ。

「違っていたらごめんなさいね」

そんな莉久さんに、お母さんは重ねて聞いた。

「もしかして、怜耶ちゃんにはお兄さんがいたんじゃない？」

わたしはびっくりしたけど、莉久さんはその質問を予測していたのか、それほどおどろいた様子はなかった。

「やっぱり、北欧神話から分かったの？」

「まあ、当てずっぽうだけどね」

お母さんは肩をすくめた。

莉久さんは、かたまっているわたしに気づくと、

「ごめんなさい。わけが分からないわよね」

そういって、静かな口調で話し始めた。

「実は、怜耶は双子だったの」

莉久さんが、怜耶ちゃんの父親でもある男性と知り合ったのは、大学生のときのことだった。

二つ年上の先輩で、莉久さんの卒業と同時に、いっしょに暮らすようになった。

ところが、同棲《どうせい》を始めてから、男性が頻繁に暴力をふるうようになり、莉久さんは逃げるように実家に帰った。

妊娠していることが分かったのは、親に間に入ってもらって、ようやく男性と別れることができた直後だったそうだ。

「生まれたのは、男の子と女の子の双子だったの」

二卵性の場合、違う性別の双子が生まれることがある。

双子はそれぞれ、黎《れい》と怜耶と名付けられた。

出産からしばらくして、ようやく出歩けるようになった莉久さんは、ご両親にお子さん

を見てもらって、久しぶりに散歩に出かけた。

そして、立ち寄った近所の本屋さんで見つけたのが、あの二冊の本だったのだ。

「もしかしたら――」と、お母さんが口をはさんだ。

「男性の暴力に悩んでいた莉久さんの、男の子には優しく、女の子にはたくましく育って欲しいという願いが、この二冊を手にとらせたのかもしれないわね」

莉久さんは、二冊の発行日が二人の誕生日と一致していることに気づいておどろいた。

もちろん、本屋さんで新刊を手にとったときに、発行日が前月の末日になっていることは、ありえない話ではない。

それでも、運命を感じた莉久さんは、その二冊を買って帰った。

ところが、それからわずか二か月後、黎くんがとつぜん亡くなった。

SIDS――乳幼児突然死症候群と呼ばれるもので、生まれてまだ数か月の赤ちゃんが、それまでの健康状態になんの問題もないのに、まったくとつぜんに亡くなるということがあるのだそうだ。

あとからお母さんに聞いた話だと、日本は赤ちゃんが安全に生まれてくる国だけど、それでも毎年一歳未満の子どもが千人以上も亡くなっているらしい。

「だから、あなたが赤ちゃんのときは、本当に毎日どきどきしてたのよ。目を離した瞬間に息が止まってるんじゃないかと思って、目が離せなかったの。生まれてくることが、すでに奇跡だけど、毎年奇跡を更新しているようなものね」

お母さんはそんな風に話してくれた。

その後、怜耶ちゃんを保育園に預けて働きだした莉久さんは、勤め先で知り合った男性と、怜耶ちゃんが二歳になる少し前に結婚した。

黎くんのために買った服やおもちゃ、黎くんが写っている写真なんかは、目にすると辛くなるので、すべて実家に置いてきたんだけど、絵本だけはなんだか離れがたくて、持ってきた。

つまり、いま暮らしている家にあるもので、黎くんを連想させるものは『竜のもりびと』だけということになるのだ。

そんな事情があったから、絵本の話題がでたとき、莉久さんはドキッとした。

「怜耶には、隠してたっていうより、話すタイミングがないまま、ここまで来てしまったのよね」

莉久さんは、重い荷物をおろしたような、さっぱりとした顔で、ふう、と息を吐いた。

「どうして、お兄さんがいるって分かったの?」

話を聞き終わると、わたしはお母さんに聞いた。

「気になったのは、怜耶ちゃんの名前なの」

お母さんは莉久さんのカップにお茶を注ぎ足しながら答えた。

「どういうこと?」

「苗字が武生で、続けて読むと武生怜耶。しかも、北欧神話が好きで、広報のときにお母さんの名前も知ってたから、偶然にしてはちょっとできすぎてるかなって」

お母さんはにっこり笑って、手元にメモ用紙を引き寄せると、

〈たけふれいや〉

と書いて、その後半四文字を丸で囲んだ。

〈ふれいや〉


その隣に、同じように〈たけふれい〉と書いて〈ふれい〉を丸で囲む。

「〈フレイヤ〉と〈フレイ〉は、どちらも北欧神話に出てくる、双子の兄妹の名前なの。お兄さんがフレイで、妹がフレイヤ」

双子のうちのひとりの名前を、あえてつけていることや、生まれた直後の写真がないこと、そして男の子と女の子が主人公の、同じ誕生日の二冊の本。

すべてが双子の存在を示唆《しさ》しているような気がしたのだそうだ。

「北欧神話が好きで、男女の双子が生まれたら……そんな奇跡が起きたら、つけたくなる名前ですよね」

お母さんの言葉に、莉久さんはこくりとうなずいた。

「あの……」

わたしはおずおずと手をあげて、二人の会話に入っていった。

「この話、怜耶ちゃんにはしないんですか？」

「そうねえ……」

莉久さんは戸惑うように目を泳がせて、カップの中に目を落としたけど、

「大丈夫だと思います」

わたしの言葉に、ハッと顔をあげた。

「怜耶ちゃん、いってました。『いまさら何をいわれたところで、わたしのお母さんはお母さんだけやし』って。だから……」

「そうですよ」

言葉に詰まったわたしのあとを、お母さんがふんわり笑って引き継いでくれた。

「子どもって、親が思ってるより、強くなってるものですよ。それに、お母さんのプレゼントを何にしようか、一生懸命考えるくらい優しいお子さんなんですから。きっと、黎くんも彼女の中に、しっかりと生きていると思います」

「……ありがとうございます」

莉久さんは、目を真っ赤にしてうなずいた。

「大丈夫だよね」

莉久さんが帰って、二人きりのテーブルで向かい合うと、わたしはひとりごとのように、ぽつりといった。

「そうね」

お母さんはうなずいて、

「あとは、二人の問題だけど……でも、どちらも相手のことを思いやっているわけだし、きっと大丈夫よ」

「それにしても、すごいね。二冊の本と怜耶ちゃんの名前だけで、双子って気づくなんて」

「実は、もうひとつヒントがあったのよ」

お母さんは、ふふっと笑って肩をすくめた。

「え？　なに？」

「ほら、いったでしょ。お母さんの名前も知ってたって」

そういえば、北欧神話が好きなのは、親譲《ゆず》りかと聞いていた。

「お母さんの名前も、北欧神話からきてるの？」

「たぶんね。というか、そのことがあったから、黎くんと怜耶ちゃんの名前を思いついたんでしょうけど」

「どういう意味があるの？」

「武生莉久……ふりく……北欧神話で〈フリッグ〉といえば、愛と豊穣《ほうじょう》の女神さまのことなのよ」

第二話

迷子の王国

六年生にもなると、クラスメイトの半分近くが、どこかの塾に通っていたりするものだ。わたしの家にも、どうやって調べたのか、去年ぐらいから学習塾のチラシがひんぱんに届くようになった。

大手のチラシには、受験に興味のないわたしでも名前を知っているような有名私立中学に、何人合格したという数字が、でかでかと載っている。

一方、小規模の学習塾は、もともとの生徒数が違うのだから、数字ではかなわない。その分、きめ細かな指導や、授業料の安さを前面に押し出しているところが多かった。

興味がないといいつつ、実はわたしも、四年生のときに一度だけ、とある大手の塾の体験教室に参加したことがある。

わたしが受けたのは算数の授業で、魔法陣みたいなパズルを解いたり、厚紙を切り抜いて正八面体をつくったりと、簡単で楽しい授業だった。

こんな授業ばかりなら通ってみてもいいかな、などとのん気なことを考えながら、帰り際、入り口の近くに置いてあった、有名中学校の過去問をパラパラと見て、めまいがした。

もちろん、受験に向けてなんの勉強もしていない四年生が見ても、問題の意味すら分からないのは当たり前だけど、それにしてもレベルが違いすぎる。

まるで、小学生が遠足に行くような山を登っていたら、その先がロッキー山脈に続いていたような、そんな途方もなさに、すっかり恐れ入ってしまったのだ。

結局、その塾とはそれっきりになったのだけれど、最近になって、クラスメイトが何人か、その塾に通って受験勉強をしていることを知った。

いまや六年生となった彼らは、あの遠足からしっかりとトレーニングを続けて、いままさに山脈を登ろうとしているのだろう。


さて、六年生になって一か月余《あま》りが経った、五月の連休明けの金曜日。

授業を終えて、正門を出たわたしの耳に、

「よろしくお願いしまーす」

元気な声が飛び込んできた。

見ると、門から十メートルほど離れたところで、スーツ姿の女の人がチラシを配っている。

女の人が手にしている紙袋のすみっこでは、鉢巻《はちまき》をした鉛筆が、ウインクをしながらガッツポーズをしていた。

あれはたしか、同じクラスの安川《やすかわ》くんの通っている〈天神《てんじん》ゼミナール〉のイメージキャラクター、天ちゃんだ。

やっぱり新学期から始める人が多いのかなと思っていると、わたしの少し前を歩いていた男の子が、わざわざ道路を横断して、チラシを受け取りにいった。

その男の子の横顔を見て、わたしは思わず「あれ？」と声をあげた。

チラシを受け取っていたのは、その安川くんだったのだ。

不思議に思って、あとを追ったわたしの目の前に、

「よろしくお願いします」

ビニールの袋に入ったチラシが、スッと差し出される。

そのみごとなタイミングに、わたしは反射的に受け取りながら足を速めて、安川くんの背中に声をかけた。

「安川くん」

安川くんは足を止めて振り返ると、わたしの手元を見て、ちょっとびっくりしたように目を見開いた。

「茅野も塾にいくのか？」

「まさか」

わたしは顔の前で大きく手を振った。

「これはたまたまもらっただけ。それより、安川くんこそどうして……」

わたしがお返しのように、安川くんが手にしたチラシに目を向けると、

「ああ、これは……」

安川くんはちょっと照れたように笑って、チラシを顔の高さに掲げて見せた。

よく見ると、ビニールの底に車の形をした、爪の先程の小さな消しゴムが入っている。

「もしかして、これが目的？」

「塾で、これを集めるのが流行《はや》ってるんだ」

「なーんだ」

分かってみれば、単純なことだった。

「だったら、わたしのもあげようか？」

「いいのか？」

わたしがビニールから自転車の形をした消しゴムを取り出すと、安川くんは嬉しそうに、それを自分のチラシのビニールに入れた。

安川くんによると、〈天ゼミ〉のチラシにはたいてい何かおまけが付いているらしく、折り畳みできるミニペンとか、三色ペンなんかが入っていることもあるらしい。

「豪華だね」

わたしがいうと、

「まあ、元はおれらが払ってる塾代だけどな」

安川くんは複雑な表情で口をとがらせた。

わたしが参加した体験教室も無料だったたし、多少経費がかかっても、生徒が増えれば、それだけでじゅうぶん採算がとれるのだろう。

「だから、こっちも元を取らないと」

安川くんはふたたび歩き出すと、白い雲がぽっかりと浮かんだ青い空を見上げながら、節をつけて歌うようにいった。

「六年生　受験勉強　大変だ」

「なにそれ？」

わたしはふきだしそうになりながら聞いた。

安川くんは顔を戻すと、すました表情でいった。

「なにって……聞いたら分かるだろ。受験生の気持ちをうたった俳句だよ」

「俳句だったら、季語がいるんじゃないの？」

季語というのは、〈桜〉とか〈夏休み〉のように、季節をあらわす言葉のことで、俳句には必ず入っていないといけないはずだ。

「だから、〈受験勉強〉だよ」

安川くんは不満そうにいった。

「え？　それって季語になるの？」

季語といえば、〈雪〉とか〈セミ〉とか〈赤とんぼ〉みたいに、もっとはっきりと季節をあらわすものじゃないといけないように思っていた。

「オカセンがいってたんだよ。〈受験〉は春の季語になるって」

オカセンというのは、塾で国語を担当している先生だそうだ。

「あれ？　でも、受験って冬じゃなかったっけ？」

地域にもよるらしいけど、このあたりでは中学受験のシーズンは二月の中旬だし、大学受験の本番も二月ごろだと聞いた覚えがある。

「俳句の季語は旧暦で考えるから、いまの感覚とは違うんだってさ」

「でも、旧暦ってたしか一か月くらいさかのぼるんだよね？　だったら、いまの二月は旧暦の一月になって、余計に冬っぽい気がするんだけど……」

わたしがそういうと、安川くんもそれ以上詳しくは知らないみたいで、

「たしかに……」

といったきり、黙ってしまった。

分からないことは、調べるに限る。今度、図書館で調べてみよう。

「今日も塾があるの？」

わたしが聞くと、安川くんは当たり前みたいにうなずいた。

いまのところ週に三日だけど、本番が近づくにつれて、じょじょに増えていくらしい。

「受験ってやっぱり大変なんだね」

わたしは、はあ、と大きなため息をついた。

そんなわたしの様子を見て、安川くんはにっと笑って、

「だけど、嫌々やってるわけじゃないぞ」

といった。

「ほかの学校の友だちはできたし、先生はけっこう面白いし……それに、やっぱり勉強してテストの点数があがると嬉しいからな」

その話を聞いて、わたしは一週間ほど前の出来事を思い出した。

喉《のど》が渇いて夜中に目が覚めたわたしが、リビングを通りかかると、お母さんがコーヒーを片手にパソコンとにらめっこをしていたのだ。

「遅くまで大変だね」

わたしが声をかけると、お母さんはさすがに眠そうな顔をしながらも、笑みを浮かべていった。

「でも、自分がどうしてもやりたいっていって、通してもらった企画だからね」

険《けわ》しい道のりも、充実していれば〈大変〉が〈やりがい〉に変わるのだろう。

わたしは空を見上げて、頭に浮かんだことをそのまま口にした。

「五月晴《さつき》れ　下校途中の　山登り」

安川くんがきょとんとした顔で、

「なんで山登り？」

といったので、わたしはまたふきだしそうになった。

日曜日の午後。お昼ご飯を食べると、わたしはお気に入りのリュックを背負って、図書館に向かった。

「やあ、いらっしゃい」

自動ドアを抜けたところで、モスグリーンのエプロンをつけた背の高い男の人が出迎えてくれる。

傷《いた》んだ本を修理する名人で、〈本のお医者さん〉と呼ばれている天野《あまの》さんだ。

天野さんは、入ってすぐのところにある掲示板に、〈お願い〉と書かれた紙を貼っているところだった。

「こんにちは、天野さん」

わたしは天野さんのとなりに立って、掲示板を見上げた。そして、

「なに、これ……」

口に手を当てて、声を漏らした。

それは、図書館の本が切り取りなどの被害にあった様子を紹介したチラシだった。

一部だけが切り取られた雑誌のグラビアや、飲み物をこぼして大きな染みになったページの写真が並んでいる。

「ついうっかりということは、誰にでもあると思うんだ」

天野さんが静かな、ため息のような声でいった。

「だけど、好きなモデルの写真を切り取ったり、本に書き込んだりするのは、明らかにわざとだからね。本当に許せないな」

そこまでいったところで、自分が怖い顔をしていることに気づいたのだろう。天野さんはふっと表情をゆるめて、わたしに笑いかけた。

「あ、ごめんね」

「大丈夫です。わたしも怒ってますから」

怒りながら笑い合う、という器用なことをしながら、わたしは天野さんに俳句の本の場所を聞いた。

「それなら、あのあたりかな」

図書館の一階は、自動ドアを入ってすぐのところがロビーになっていて、右手に抜けると、小説と児童書のフロアが広がっている。

俳句の本は、入り口からまっすぐ進んだところにある、全集などが並んだあまり人気《ひとけ》のないエリアの一番手前にあった。

お礼をいって、さっそく向かうと、背の高い本棚の前で、真っ白な髪をした小柄なおばあさんが、木の枝にとまった小鳥を見るように、目を細めて棚を見上げていた。

わたしが近づくと、おばあさんはこちらに顔を向けて、

「あら、しおりちゃん」

といった。

仲良しの同級生、麻紀ちゃんのおばあさんだ。麻紀ちゃんの家に遊びにいったときに、何度か会ったことがある。

「こんにちは」

わたしは頭をさげた。

そういえば、俳句が趣味で、図書館で月に二回開かれている俳句の会に参加していると聞いたことがあった。

「今日は、俳句の会ですか？」

「そうなのよ」

おばあさん――川端《かわばた》さんは、そういってにっこり笑った。

三階の談話室で開かれていた会が、さっき終わったところらしい。

「主宰されている先生におすすめされた本を借りようと思ったんだけど……」

その本が、なかなか見つからないのだそうだ。

もしかしたら、誰か別の人が借りているのかもしれないと思ったわたしが、

「だったら、検索を……」

といいかけたとき、

「川端さん、どうされましたか？」

グレーのジャケットを着たおじいさんがあらわれて、川端さんに話しかけた。

「ああ、小西《こにし》さん。さっき、先生がお話しされていた本を探しに来たんですけど……」

どうやら、俳句の会の知り合いのようだ。

そのおじいさん――小西さんは、川端さんのとなりに立って、背表紙にざっと目を走ら

せると、

「……本当だ。ありませんね」

といった。

「あの……誰かが借りてるのかも……」

わたしが横から口をはさむと、小西さんがちょっとおどろいたように、わたしに目を向けた。

「孫のお友だちなんです」

川端さんが解説してくれる。

小西さんは表情をゆるめると、川端さんにうなずきかけた。

「ああ、そうですか」

「たしかに、誰かが借りているのかもしれませんね。あっちで調べてみましょう」

肩を並べて検索機の方へと歩いていく二人の後ろ姿を見送りながら、あれぐらいの年齢になっても、新しくお友だちができるのっていいな、とわたしは思った。

川端さんに季語のことを聞けばよかったと気づいたのは、二人の姿が見えなくなってからのことだった。

いまから追いかけて質問するのも悪いので、わたしはあらためて、タイトルに〈季語〉の入った本を手にとってみた。

だけど、俳句初心者のわたしにとって、大人向けに書かれた本はやっぱり難しい。

児童書のコーナーで、小学生向けの俳句入門の本を探していると、四、五歳くらいの男の子が大きな本を抱えながら、よたよたと目の前にあらわれた。

ときおり足を止めては、何かを探すように本棚をのぞきこんでいる。

「どうしたの？」

目の高さを合わせて、わたしが声をかけると、

「おうちを探してるの」

男の子は、まっすぐにわたしを見つめながらそういった。

「えっ」

お母さんとはぐれたのかも、ぐらいのことは思っていたけど、家を探しているとなると、本格的な迷子だ。

職員さんの姿を探して、立ち上がろうとしたわたしの目の前に、男の子は手にしていた『電車のしくみ大図鑑』を、バン、と突き出した。

「この子のおうちを探してるの」

どうやら、迷子は本の方だったようだ。

わたしは胸をなでおろすと、「ちょっと貸してね」と本を手にとって、背表紙の一番下に貼られたシールを確認した。

図書館の本には、たとえば〈自然科学〉なら４００番台、〈文学〉なら９００番台というように、分類番号と呼ばれる数字が割り振られている。

『電車のしくみ大図鑑』のシールには〈ジドウ／６８６〉と書いてあった。

「ほら、ここに数字があるでしょ？　これが、この本のおうちがある場所なのよ」

わたしは男の子に、その番号を指さしながら説明した。

分類番号は、家の番地のようなものだと美弥子さんに聞いたことがある。

だから、本棚から連れ出したあとは、ちゃんと元の住所に返してあげないと、訪ねて来た人が会えなくなってしまうのだ。

わたしたちはいっしょに番号をたどっていった。

そして、ちょうどその番号のところに、本一冊分くらいの隙間《すきま》を見つけると、男の子は嬉しそうに、

「ここ」

といいながら、『電車のしくみ大図鑑』を差し込んだ。

「よかったね」

わたしが声をかけると、男の子はじーっと本棚を見つめて、今度はさっきよりも一回り小さいけどぶあつい本を引っ張り出してきた。

『世界の高速鉄道大全』というその本の表紙を、キラキラした目で見つめている。

彼の目には、電車の写真が載っている本はすべて、宝石に見えるのだろう。

男の子は、わたしの背後に目を向けると、

「ママー」

しっかりと本を抱えたまま、無地の大きなバッグを肩にかけた女の人の元に駆け寄っていった。

「まーくん。どこに行ってたの」

優しく注意するお母さんに、

「ママ、これ」

〈まーくん〉は本をかかげて、最小限の台詞で自分の希望を伝えた。

お母さんは本を受け取ると、難しい顔で、本を開いてまーくんに見せた。

「ねえ、まーくん。ほら、こんなに字がいっぱい。まーくん、読めるかな？」

だけど、まーくんはそんなことではあきらめない。

「こーれ、こーれ」

真剣な顔で、お母さんにうったえる。

「はいはい」

お母さんは困ったように微笑みながら、すぐに降参した。右手に本を持ち、左手でまーくんと手をつないで、カウンターへと向かう。

そういえば、昔、迷子の話を読んだおぼえがある。

主人公は、すぐに迷子になってしまう方向音痴《おんち》の少女、ミーナ。

ある日、いつものようにミーナが森で迷子になっていると、目の前にタキシードを着てシルクハットをかぶった、猫の顔の男性があらわれた。

猫男はみずからを〈案内人〉と名乗り、ミーナをある街へと連れて行く。

そこは、迷子になった者だけがたどりつける場所で、迷子たちが仲良く暮らしていたんだけど、最近、迷子ではない者がまぎれこんでいるらしい。

そこで、生まれついての迷子で、いついかなるときでも迷子になることができる〈迷子の達人〉ミーナの力によって、侵入者を見つけて欲しいというのだけれど……。

はじめの方はけっこう笑えるんだけど、話が進むにしたがって、街の秘密が明らかになったりして、どんどんシリアスになっていく。

たしか、海外のファンタジーだったと思うけど、作者名もタイトルも思い出せない。

美弥子さんに聞けば、すぐに分かるんだろうけど、最短距離で目的地を目指すだけではつまらない。

海外の児童書が並んでいる棚の方へ足を向けたわたしは、角を曲がったところで立ち止まった。

わたしがいるのとは、ちょうど反対側の棚の前で、野球帽をかぶった中学生くらいの男の子が、窮屈《きゅうくつ》そうにしゃがみこんで、本に手を伸ばしていたのだ。

その男の子は、わたしに気がつくと、パッと手をひっこめて、険しい顔でこちらをにらみつけた。

そして、いきおいよく立ち上がると、足早にその場を立ち去っていった。

もしかして、本を選んでいるところを見られるのが、恥ずかしかったのだろうか。わたしにはよく分からないんだけど、男の子の中には、図書館で児童書のコーナーにいるところを見られるのが恥ずかしい、と思う人もいるらしい。

何も恥ずかしいことなんかないのにな、と思いながら、わたしは本探しを再開した。

色とりどりの背表紙をながめているうちに、ちょうどさっきの男の子がしゃがんでいたあたり、棚の一番下の段に、『迷子の王国』と書かれた青緑色の背表紙を発見した。

本を抜き取ると、となりに並んでいた薄い本が、ぱたりと倒れ掛かってくる。

その本も、ちょっと気になるタイトルだったけど、とりあえず『迷子の王国』を手にして、わたしはカウンターへと向かった。


「それは少し無責任ではないでしょうか」

貸し出しを待つ人の列に並んでいると、前の方から声高にうったえる男性の声が聞こえてきた。

首をのばしてのぞきこむと、貸し出しカウンターのとなりにある、本の相談を受け付けるレファレンスカウンターの前で、小西さんが難しい顔をして腕を組んでいた。その後ろで川端さんが、肩をすぼめるようにして小さくなっている。

カウンターの中にいるのは、玉木さんだ。

列が進むにつれて、話している内容が聞こえてきたんだけど、どうやらさっき探していた本が、結局見つからなかったらしい。

それだけなら、司書さんに文句をいうようなことでもないんだけど（とはいえ、いい歳をした大人がもっと理不尽な文句をつけているところを、わたしは何度も目撃している）、小西さんの話を聞いていると、検索をしても貸し出し中の表示は出ないのに、館内にも見当たらない、ということのようだ。

「いま館内を見て回ったのですが、読んでいる人はいませんでした。そうなると、無断で図書館の外に持ち出されたか、どこか別の場所に紛れ込んでしまった、ということになりますよね？」

その理路整然とした話し方に、玉木さんが「その可能性が高いと思います」と、慎重に答える。

小西さんは満足そうにうなずいて、追及を続けた。

「館外に持ち出されたのならセキュリティー上の問題、別の棚に紛れ込んでいたら管理上の問題になると思うのですが……」

「あの……」

川端さんが、小西さんの言葉をさえぎるように、おずおずと口をはさんだ。

「わたしはもうけっこうですから……」

そういえば、もともと本を探していたのは川端さんだった。

レファレンスカウンターは、貸し出しカウンターとは別になっているので、後ろに人を待たせているわけではない。それでも、じょじょに高くなっていく小西さんの声に、周りの注目が集まっているのが気になるのだろう。

だけど、小西さんは首を振って、川端さんを諭すように話し始めた。

「いやいや、これはわたしたちだけの問題ではなく、図書館の利用者全体に関わることですから……」

そこで順番が回ってきたので、わたしは美弥子さんに貸し出しカードと『迷子の王国』を差し出した。

ピッ、ピッ、とテンポよくバーコードで読み取って、あっという間に手続きが完了する。まだ後ろに貸し出しを待つ人の列が続いているので、わたしはリュックに素早く本を詰めると、小さく手を振ってカウンターを離れた。

小西さんの抗議は、まだ終わらない。

もしかして、川端さんにいいところをみせたいのかな、などと想像しながら、入り口に向かうと、わたしは掲示板の前で足を止めた。

次回の〈おはなしの会〉は、部屋を暗くして、『星降る夜のヒトリゴト』を朗読するようだ。

児童書じゃないけど、美弥子さんにすすめられて読んだことがある、わたしもお気に入りの一冊だった。

見開き二ページの、本当にひとりごとみたいな短いお話がたくさん載っている本で、くすっと笑える話から、胸がぎゅっとなるような悲しい話まで、いろんなお話が楽しめる。

おはなしの会では、どのお話を読むのかな、とわたしがチラシの前で考え込んでいると、

「しおりちゃん」

いつの間にか、川端さんがとなりに立っていた。

「あ、川端さん。あれ？　おひとりですか？」

「小西さんは、館長室で館長さんとお話しされてるわ」

川端さんは、ちょっと困ったような顔で微笑んだ。

なんでも、小西さんは去年の春まで市役所に勤めていて、市の職員でもある館長さんの先輩にあたるらしい。

「結局、本は見つからなかったんですね」

「そうなのよ」

川端さんは眉を八の字にした。

「わたしは大きな句よりも、歩道の隅に咲いてる小さな花とか、塀の上を歩いてる猫ちゃんとか、そういう日常の風景を詠《よ》むのが好きなんだけど、俳人で同じような方がいらっしゃるみたいで、先生が『川端さんには参考になると思います』って、わざわざ教えてくださったの」

川端さんの話を聞いて、わたしもその本にちょっと興味が出てきた。

「なんていう本なんですか？」

「『道端の短冊』っていう本なんだけどね」

「え？」

「どうしたの？」

わたしは川端さんを、さっき『迷子の王国』を見つけた場所まで案内した。

『道端の短冊』は、さっきと同じ、となりの本にもたれかかった姿勢のままで、わたしたちを待っていた。

その児童書っぽくないタイトルが気になっていたんだけど、よく見ると、分類番号も違っているし、そもそも〈ジドウ〉の表示がなかった。

「ああ、これこれ」

川端さんは、はしゃいだ声をあげて本を手に取ると、首をかしげた。

「だけど、おかしいわねえ。どうしてこんなところにあったのかしら」

たしかに、本が入っていたのは一番下の棚で、しゃがまないと入れられないので、誰かが間違って戻したり、元の場所に戻すのが面倒になって、適当に差し込んだりしたとは考えにくい。

さっきのまーくんみたいに、小さな子どもなら自然かもしれないけど、もともと本があったのは、大人が見上げるほどの高い位置だ。子どもが気まぐれで手に取れるような場所ではない。

つまり、誰かが意図的に本をここに移したのだ。

わたしは首をのばして、あたりを見回した。

だけど、さっきの男の子の姿は、どこにも見つからなかった。

棚の前で見かけたというだけで、あの子が本を隠したという証拠《しょうこ》はない。

ただ、何もしていないのなら、あわてて手をひっこめて、逃げるように立ち去っていった、あの不自然な態度の説明がつかなかった。

男の子のことは、小さなとげのように心に刺さったままだったけど、それよりも、図書館に来た当初の目的――俳句のことを思いだしたわたしは、にこにこしながらページをめくっている川端さんに声をかけた。

「あの……季語のこと、教えてもらえますか？」


「しおり、もしかして塾にいきたいの？」

その日の夜。大きく切り分けたハンバーグを口にほおばったとたん、お母さんにそんなことをいわれて、わたしは目を白黒させた。

「……いきなり、どうしたの？」

なんとか飲み込んでから、お母さんに聞き返す。

「だって、勉強机に天神ゼミナールのチラシが置いてあったから」

「ああ。あれは……」

わたしが、学校の前で配っていたから反射的にもらっただけだと説明すると、「なんだ。びっくりした」

お母さんは、ホッとしたように笑みを浮かべた。

「塾って、やっぱりお金がかかるの？」

「それもあるけど、話を聞いてると、中学受験っていろいろと大変みたいだから」

お母さんと同じ職場の人で、子ども二人の中学受験を経験したお父さんがいるらしいんだけど、その人から聞いた話によると、夏休みもずっと塾で、お休みはお盆だけ。六年生の後半になると、放課後は夕方から夜遅くまで、ほとんど毎日授業があって、晩御飯もお弁当を持って行って塾で食べるのだそうだ。

聞いているだけで疲れてくる。

もちろん、目標がある子にはいいと思うけど、わたしはそれよりも、本を読んだり図書館で過ごす時間が削られるのが嫌だった。

「そういえば、知ってる？〈受験〉って、春の季語なんだって」

わたしは今日仕入れたばかりの知識を披露した。

旧暦では一月から三月を春、四月から六月を夏……というふうに、三か月ごとに季節を区切っていたらしい。

受験は二月をあらわす季語で、新暦の二月は旧暦の一月にあたる。

だから、〈受験〉は春の季語というわけだ。

話はそこから、川端さんが探していた本が、なぜか児童書の棚で見つかったことや、その近くで見かけた怪しい男の子のことにうつっていった。

「それじゃあ、結局探していた本は見つかったのね？」

「それはそうなんだけど……」

偶然紛れ込んだのなら、迷子といえるかもしれないけど、わざと本を別の場所に運んだのなら、それはもはや本の誘拐だ。

以前、時間外に本を返すための返却ポストに、中身の入った缶コーヒーが放り込まれる、という事件があった。

そこにこめられているのは、悪戯心《いたずらごころ》よりも少し踏み込んだ、図書館に迷惑をかけてやろうという悪意だった。

「愉快犯かしらね」

お母さんの言葉に、わたしはすぐに反論した。

「こんなの、全然愉快じゃないよ」

「それはそうでしょ。あなたは被害者なんだから」

お母さんは苦笑した。

「愉快なのは、犯人の方よ」

「被害者は図書館じゃないの？」

「図書館も、もちろんそうだけど、愉快犯の場合、不愉快な思いをした人は全員被害者なの」

だったら、たしかにわたしも被害者だ。

本があるべき場所になかったら、わたしは今日『迷子の王国』を見つけられなかっただろうし、まーくんも『世界の高速鉄道大全』に出会えなかった。

地味な仕事かもしれないけど、あるべきものがあるべき場所にあるっていうのは、当たり前のことじゃないんだな、と思った。

本の誘拐事件から数日後。

わたしは仕事終わりの美弥子さんと待ち合わせて、図書館の近くにあるスーパーに買い物に来ていた。

雲峰市立図書館の開館時間は、朝十時から夜七時までだけど、職員さんは全員がずっと勤務しているわけではなく、早番と遅番にわかれている。

今日は美弥子さんが早番で、お母さんは取材で遅くなるので、買い物をしたあと、料理を教えてもらう約束をしていたのだ。

「しおりちゃんは何をつくりたい？」

美弥子さんの台詞に、わたしはちょっと考えてから、

「麻婆豆腐《マーボーどうふ》」

と答えた。

「麻婆豆腐かあ……だったら、おうちに豆板醬《トウバンジャン》はあるかな？」

「どうだったかな……」

わたしは冷蔵庫の中身を思い出そうとした。

うちはご飯を外食やお弁当ですませることも多いので、調味料はあまりそろっていない。

美弥子さんは調味料売り場で、小さな豆板醬を手にとると、そのパッケージを見ながら、

「食品には、賞味期限と消費期限の二種類があるって知ってる？」

といった。

「そうなの？」

美弥子さんによると、おいしく食べられる目安が賞味期限、安全に食べられる目安が消費期限なのだそうだ。

生ものとか、傷みやすい食品についてるのは消費期限で、これを過ぎたら食べない方がいい。

一方、賞味期限はあくまでも「おいしく食べられる目安」だから、期限を過ぎたものは、体に悪いかどうかはともかく、おいしさは保証されないというわけだ。

いままで目にしていたものでも、知る前と知ったあとでは、見え方がぜんぜん違ってくる。

期限の表示に気をつけながら、美弥子さんといっしょにお豆腐やひき肉をかごに入れて

いたわたしは、食後のデザートを選ぼうとして、

「あれ？」

と声をあげた。

プリンのとなりに、鶏肉のパックが置いてあったのだ。

デザートの売り場はレジの手前にあるので、直前で気が変わったお客さんが、置いていったのだろうか。

「元のところに戻してくるね」

わたしが鶏肉のパックを手に取ると、

「あ、しおりちゃん。ちょっと待って」

美弥子さんはわたしを止めて、近くにいた店員さんに声をかけた。

店員さんは、「ありがとうございます」と、ていねいに頭をさげると、パックを受け取って、急ぎ足でお肉売り場へと戻っていった。

いつもの美弥子さんなら、店員さんを呼ぶようなことはせずに、自分で持って行くのに、どうしたんだろうと思っていると、

「図書館だったら、お客さんが元の場所に戻しても大丈夫なんだけどね……」

美弥子さんが小さく肩をすくめて、説明をはじめた。

「食べ物の場合は、お店の人に確認した方がいいのよ」

「どうして？」

「たとえば、このスーパーでは、お肉売り場は常に二度以下に保ってるとするでしょ？　だけど、プリンの売り場は五度かもしれない。それが一瞬のことだったらいいけど、開店と同時にここに置かれて、もう何時間も経っている可能性もある……そんなお肉を元の売り場に戻して、知らずに誰かが買っていったら、どうなると思う？」

　わたしは背筋がゾッとした。そんなわたしを見て、美弥子さんが安心させるように、やわらかく微笑んだ。

「もちろん、それが原因で食中毒をおこすなんて、何万分の一よりも低い確率だと思うんだけど、スーパーによっては、そういう可能性も考えて、違う売り場で見つかったお肉やお魚は、必ず処分するように決まっているんですって」

　美弥子さんは、スーパーに勤めているお友達から、その話を聞いたらしい。

　そして、そのルールはお店によって違うので、念のため自分たちでは判断せず、お店の人に伝えたのだそうだ。

　図書館の本の迷子よりも、スーパーの商品の迷子の方が、被害は深刻だな……。

　とりあえず、必要なものは一通りそろったので、レジに並ぼうとすると、ちょうど夕飯どきのせいか、レジ前には長い列ができていた。

「わたしが並んでおくから、しおりちゃん、何か欲しいものがあったら、見てきてもいいわよ」

　美弥子さんがそういってくれたので、わたしはレジを離れて、売り場に戻ることにした。

欲しいものは特になかったけど、せっかくだから、期限表示をもっと見てみたいと思ったのだ。

買い物で通った順路を逆にたどりながら、加工食品の棚の手前まで来たわたしは、知った顔を見つけて足を止めた。

険しい表情で、左手をズボンのポケットに突っ込んで、右手に取った商品をじっと見つめているのは、この間図書館で川端さんといっしょだったおじいさん——小西さんだ。

声をかけようかどうしようかと迷っていると、ふと顔をあげた小西さんが、わたしを見て、おや？　という表情になった。

「こんにちは」

わたしが会釈《えしゃく》をしながら近づくと、

「ああ、図書館のお嬢さんか」

小西さんはそういって、表情をゆるめた。

「お買い物ですか？」

「うん。夕飯の材料を買いに来たんだが……」

小西さんはなぜかまた眉間にしわをよせて、手にしていたハムのパックに目をやると、

「ちょっと、ここを見てくれるかな？」

そういって、パッケージの端に印字された日付を指さした。

どうかしたのかな、と思って顔を近づけたわたしは、あることに気がついて、「あっ」

と声をあげた。

ハムは一応加工食品なので、期間の短い消費期限ではなく、賞味期限が記されている。その賞味期限の日付が、昨日になっていたのだ。

もちろん、賞味期限を過ぎたからといって、すぐに食べられなくなるわけではない。だけど、期限切れの商品が店頭に並んでいるのは、普通では考えられなかった。

「ぼくはもともと去年まで、市役所に勤めていたんだけどね……」

小西さんは小さくため息をついてから、話し始めた。

「そのうちの何年かは、食品衛生——食の安全に関係する仕事を担当していたんだ。だから、買い物にくると、ついついこういう表示に目がいってしまうんだけど……これは良くないな。一日ぐらいという甘い気持ちでいると、重大な事故につながりかねないんだよ。現役時代に仕事で指導に来たときは、食品衛生に気をつけた、いいスーパーだったんだが……」

悲しそうに肩を落とす小西さんの姿に、どんな言葉をかけたらいいのか分からなくて、ふと顔をそらしたわたしは、こちらに向けられた視線に気づいて、ハッとした。

棚の陰から、体を半分だけのぞかせて、わたしたちをじっと見つめているのは、図書館で見かけたあの男の子だったのだ。

この間は私服だったけど、今日は陽山中学校の制服を着ている。

男の子は、わたしと目が合うと、すぐに顔をそらして姿を消した。

なんだか見たことのあるその反応に、わたしは図書館での出来事を思い出していた。あるべき場所になかった本に、あってはいけない期限切れのハム。

二つの出来事に、なんとなく通じるものを感じたわたしは、小西さんに聞いてみた。

「あの……中学生くらいの男の子に、心当たりはありませんか？」

「中学生の男の子？　孫がちょうど、中学二年生だけど……うちの孫を知ってるのかい？」

「あ、いえ……」

さっきの男の子が、仮に小西さんのお孫さんだったとしても、その先をどういう風に説明すればいいのか、自分でもよく分からない。

わたしは小西さんが手にしているハムを見ながら、ほとんど無意識のうちに、

「そのハム、本当にお店のミスなんでしょうか……」

と口にしていた。

「ん？　どういうことだい？」

「だから、その……誰かの悪戯っていうことは……」

「ああ、なるほど」

小西さんはちょっと考えるように首をひねっていたけど、

「それはないんじゃないかな。そんなことをしても、なんの得にもならないしね」

と笑った。

「得にはならないんですけど……」

愉快犯にとって、得とか損とかは関係ないのだ。

だけど、わたしがそれ以上何かいう前に、

「ぼくはちょっと、店の人にこのことを話してくるよ。ここの店長は、新人のころからよく知ってるからね」

小西さんはそういうと、ちょうど通りかかった店員さんを「あ、ちょっと」と呼びとめた。

わたしはぺこりと頭をさげて、その場を離れると、美弥子さんのところに戻った。

ちょうど精算が終わった美弥子さんといっしょに、お店をあとにする。

ほんのり薄暗くなった帰り道を並んで歩きながら、わたしがさっきのことを考えていると、

「しおりちゃん、どうかしたの？」

美弥子さんが、わたしの顔をのぞきこんだ。

「さっきから、元気がないみたいだけど……」

「あ、えっと……」

わたしは迷った。

さっきの男の子のことを話せば、日曜日に図書館で目撃したことも話すことになる。

だけど、ちゃんとした証拠もないのに、図書館のお客さんを疑うような話を、美弥子さ

んに打ち明けるわけにはいかなかった。

結局わたしは、小西さんとばったり会ったことだけを話すことにした。

「小西さん？」

「ほら、俳句の会の……」

わたしがそういうと、美弥子さんは「ああ」とうなずいた。

「そういえば、本を見つけてくれたのは、しおりちゃんだったわね」

「うん。ちょうど、探してた本の近くにあったから……」

あのあと、川端さんは本が見つかったことをカウンターに知らせにいったので、そのときにわたしのことも話してくれたのだろう。

「小西さんって、館長さんとお知り合いなんだよね」

「そうみたいね」

図書館の館長さんは、だいたい二年とか三年ごとに異動すると聞いたことがある。

「わたし、ずっといまの館長さんがいいな」

道路に落ちる自分の影を見ながら、わたしがいうと、

「それ、館長さんに直接いってみたら？」

美弥子さんはそういって、フフッと笑った。

「きっと、すごく喜ばれるわよ」

「そうかなあ」

少し汗っかきの館長さんが、ニコニコしている様子を思い浮かべると、さっきまでのもやもやが晴れていくような気がした。

「美弥子さん。わたし、おなかすいた」

わたしは美弥子さんにそういうと、アスファルトにのびた自分の影を追いかけるように、足をはやめた。

土曜日の午後。

通いなれたいつもの道を、わたしはドキドキしながら自転車で走っていた。

図書館の手前でブレーキをかけて、大きなランプの形をした看板の横に自転車を止める。

〈らんぷ亭〉は、雲峰市立図書館のとなりにある喫茶店だ。元々は本当にランプを売っていたお店で、喫茶店になったいまでも、いろんな形をしたたくさんのランプが、店内のあちこちに飾ってある。

わたしは胸に手を当てて、大きく深呼吸をすると、カランカランとベルの音を鳴らしながら〈らんぷ亭〉のドアを開けた。

「いらっしゃい」

カウンターの内側でグラスをみがいていたマスターが、にっこり笑って出迎えてくれる。

店内を見回すと、一番奥のテーブル席で、水色のジャケットを着た男の人が、小さく手を振っていた。

わたしが手を振り返しながら近づくと、

「ちょうどよかったよ。いま、打ち合わせが終わったところなんだ」

お父さんはそういって、目を細めた。

お父さんとは、去年、図書館で開かれた講演会のときに言葉を交わして以来、何度か会っている。

だけど、たいていは図書館で偶然会ったり、何か相談事があるときに聞いてもらったりで、今回みたいにただ会うことが目的で待ち合わせをするというのは初めてだった。

わたしももうすぐ中学生だし、定期的にこういう機会をつくってはどうだろうと、お父さんとお母さんで話し合ったらしい。

「もちろん、しおりの意志が最優先だから」

お母さんにそういわれたので、考えた末、月に一回か二回、お父さんと二人で会うことにした。

いつかは三人で……なんて思ったりもするけど、それはまた、ゆっくりと考えていくつもりだった。

向かいの席に腰をおろすと、椅子がほんのりと温かい。

どうやら、いままで誰かが座っていたみたいだ。

「お仕事？」

わたしはテーブルに置かれた大判の封筒を見ながら聞いた。

「うん。今度、雑誌に連載することになってね。その打ち合わせをしてたんだ」

お父さんはそういうと、カップの底に残っていたコーヒーを飲み干して、ちょうど注文を取りに来たマスターに、

「おかわり、お願いします」

といった。

わたしもメニューを見ながら〈本日のケーキセット〉を注文する。

「かしこまりました」

マスターがお冷やをおいて、カウンターに戻っていくと、

「こういうとき、普通はまず、『学校は楽しいか?』って聞くものかもしれないけど……」

お父さんは照れたように笑って、封筒から一冊の文庫本を取り出し、わたしの前に置いた。

遠くに海の見える丘の上に、小さな一軒家と女の人、それに白い犬が、水彩画のような優しいタッチで描かれている。

タイトルは『丘の上で歌う犬』。作者はもちろん関根要——お父さんだ。

「あれ? これって……」

たしか、何年か前にハードカバーの単行本で出版されていたはずだ。

「今度、文庫化するんだ。ちょうど見本ができたところだったから」

わたしはそっと手にとると、本をひっくり返して、裏表紙のあらすじを読んだ。

主人公は、信じていた人に裏切られたショックで仕事を辞めて、丘の上で小さなドッグカフェを開くことにした女の人。

そこにやってきたのは、歌う犬として有名な、〈シンギングドッグ〉というすごく珍しい種類の犬と、その親友を名乗る青年で……。

カフェにやってくるお客さんの、犬に関係した謎や悩みを、店主の女の人と青年が解きほぐしていく、ミステリー仕立ての連作短編集だそうだ。

表紙を開くと、タイトルの書かれたページの裏に、わたしの名前とお父さんのサインが、黒のサインペンで書かれてあった。

「わー、サイン入りだ」

わたしがはしゃいだ声をあげると、お父さんはホッとしたように微笑んだ。

「喜んでもらえて、よかったよ」

「わたしも何か持ってくるんだったな」

「だったら、代わりに最近読んだ面白い本の話をしてくれるかな？」

「うん！　あのね……」

テーブルに身を乗り出したところに、マスターが桜の紅茶と桜のシフォンケーキを運んできてくれたので、わたしは紅茶の香りで一息ついてから、『迷子の王国』の話をはじめた。

『迷子の王国』の中で、わたしが一番印象に残っているのは、物語の後半、〈迷子の街〉から家に帰ってきたミーナが、一年中外国を旅している叔父さんと話す場面だ。

ミーナから〈迷子の街〉の話を聞いた叔父さんは、

「行ってみたいけど……ぼくは迷子になったことがないから、行けないだろうな」

と、苦笑する。

「一度もないの？」

おどろくミーナに、

「迷子にならないコツはね」

叔父さんは大事な秘密を打ち明けるようにいった。

「目的地を決めないことなんだよ」

目的地が決まっていないのだから、迷いようがない、ということらしい。

「でも、どうしても決めないといけないときもあるでしょ？」

ミーナの言葉に、叔父さんはひょいっと肩をすくめて、こう答えるのだ。

「そのときは、期限を決めなければいい。そうすれば、たどりつくまではずっと、向かっている途中なんだからね」

これを読んだとき、わたしは「なるほど」と思った。

迷子も遅刻も、決められた場所や決められた時間があるから存在するわけで、考え方を変えれば、迷子も遅刻も消えてしまう。

わたしの話を聞いて、お父さんも「それは面白い考え方だね」とうなずいた。

「でもね」

わたしは紅茶を飲むと、カップを両手で包んだまま、口をとがらせた。

「叔父さんは、またすぐに旅に出るんだけど、その出発のときに、ミーナに向かってこういうの。

『うらやましいよ。迷子になれるのも、ひとつの才能だからね』」

ミーナはその言葉の意味がよく分からないまま、ふたたび〈迷子の街〉を訪れるんだけど……。

「あれって、〈迷子の街〉に行けるのが、うらやましいっていうことなのかな」

わたしはカップを置いて、首をかしげた。

「ぼくはその本を読んでいないから、一般論しかいえないんだけど……」

お父さんはテーブルの上に視線を落として、言葉を探すようにゆっくりと口を開いた。

「目的地も期限もない旅っていうのは、なかなか大変だと思うよ」

「そうかなあ。自由で気楽そうに見えるけど……」

「自由には、責任がセットでついてくるからね」

お父さんは、実感のこもった声でいった。

「どこが目的地でもいいなら、ここが目的地でもいい。期限が決まっていないなら、到着したときを期限にしてもいい。そんな誘惑と、ずっとたたかっていかなきゃいけないんだから」

そういえば、以前お父さんから、小説家という職業は、まっ白な紙に地図を描くような仕事だと聞いたことがある。

どこに道を通してどこに家を建てるのか――全部自分で決められるけど、それはつまり、全部自分で決めないといけない、ということだ。

もちろん、お仕事として小説を書いている以上、なにもかも自分の自由になるわけではないだろうけど、決まった場所に決まった時間に出勤して、決められたことをする仕事とは、また違った大変さがあるのだろう。

「お話って、なんにもないところから、どうやって思いつくの？」

「この本の場合は、録画の失敗がきっかけだったな」

お父さんは、テーブルの端に寄せられた『丘の上で歌う犬』の表紙を見ながら話し出した。

数年前、あるドキュメンタリー番組を録画しようとして、間違えて録画したのが、〈シンギングドッグ〉の特集だったらしい。

それまでは聞いたこともなかったけど、せっかくなので見てみると、思いのほか面白かった。

シンギングドッグは、正式にはニューギニア・シンギング・ドッグという、かなり古くからある犬種で、実際には歌うというより、声の個体差が大きいため、集団で鳴くとまるで合唱しているように聞こえることから、その名がついたのだそうだ。

「一説によると、シンギングドッグはもともと家畜として人間に飼育されていたものが、逃げ出して野生に戻ったといわれているんだ」

自由はないけど、生活や安全は保証されている人間との生活を捨てて、自由だけど生き残れるかどうか分からない野生の道を選んだその姿に、お父さんは何かを感じたのだといった。

「そのあたりは、理屈じゃないんだけどね。そのシンギングドッグの話を観て、何か書けそうな気がしたんだよ」

その結果、いままで続けてきた仕事を辞めた主人公が、新しい生き方を探す物語が生まれたというわけだ。

ちなみに、そのとき観ようと思っていた番組は、次の週の同じ時間帯に、無事観ることができたらしい。

「なんの番組だったの？」

「俳句なんだけどね……」

「え？　俳句？」

なんだか最近、俳句に縁がある気がする。

もしかして、流行っているのだろうか。

わたしが、最近〈受験〉が季語だと知った、という話をすると、

「そうか、しおりも、もう六年生か……」

お父さんが、思っていたのとは違う方向に、感心の声をもらした。

「お父さんは、俳句とかやらないの？」

「興味はあるけど、本格的にやったことはないな」

そういって、わずかに顔をしかめながら、コーヒーカップを口元に運ぶ。

「俳句と短歌は、やり始めると夢中になってしまって仕事に支障が出そうだから、距離をとるようにしているんだ」

「そうなんだ」

お父さんによると、俳句には季語があって字数が少ないので制限が多く、短歌は季語がなくて字数が多いので制限が少ない。

どちらにもそれなりの面白さがあって、考え始めるときりがないのだそうだ。

「せっかく興味を持ったのなら、やってみたらどうだい？　たしか、図書館でも俳句の会をやってただろ？」

「でも、最年少が大学生らしいし……あ、そうだ」

わたしはそこで、お父さんに相談があったことを思いだして、パン、と胸の前で手を合わせた。

「その俳句の会のことで、聞いてもらいたいことがあるんだけど……」

わたしは、川端さんが探していた本が迷子――というか、連れ去られたことと、怪しい動きをしていた男の子の話をした。

　大人だからなのか、それとも小説家だからなのかは分からないけど、お父さんは、一見無関係に見える出来事をつなぎあわせて、ひとつのストーリーを浮かび上がらせるのが、すごくうまい。

　いままでにも、わたしが話すバラバラの内容から、まるでクロスワードパズルを組み立てるみたいに、見事な一枚の絵を完成させたことが何度もあった。

　だからわたしは、美弥子さんに打ち明けられなかった最近の出来事を、お父さんに聞いてもらおうと思ったのだ。

「しおりと顔を合わせたとき、その男の子は、どんな様子だった？」

　図書館での出来事をひととおり話し終えると、お父さんは静かな口調で聞いた。

「そうだなあ……」

　わたしはそのときの情景を頭に思い浮かべながら答えた。

「びっくりしてた」

「びっくり？」

「うん。誰かが来るなんて、思ってなかった感じ」

「そうか……」

　お父さんが考え込む様子を見せたので、わたしは続けて、スーパーでの出来事を話し始めた。

絵を完成させるために、どんなパーツが必要なのか分からないので、できるだけ詳しく説明する。

最終的に、おいしく麻婆豆腐ができたところまで話すと、

「それで、しおりはどう思うんだい？」

手にしたコーヒーカップをわずかに揺らしながら、お父さんはいった。

「わたしは……あの男の子は小西さんのお孫さんで、何か理由があって、小西さんに嫌がらせをしてるんだと思うの」

わたしはティースプーンで意味もなく紅茶をかきまわしながらいった。

移動した本と賞味期限切れのハム、ちょっとした悪意の見える二つの出来事のどちらの現場にも、小西さんと男の子の姿があった。

連れ立っているわけでもないのに、日曜日の午後の図書館と、平日夕方のスーパー、両方に偶然居合わせるとは思えない。

どちらかがどちらかを、こっそりつけていたのだ。

そして、二人の様子を見れば、どちらがどちらを、というのは明らかだった。

男の子のやったことはこうだ。

まず図書館で、小西さんが必要としそうな俳句の本を隠した。

もちろん、館外に持ち出したわけじゃない。一時的に行方《ゆくえ》不明にしただけだ。

だけど、わたしはそれでじゅうぶん、悪戯の域を超えていると思う。

本と出合うことで、人生が変わる人だっているのだ。それを邪魔することは、その人の人生を邪魔することでもある。

スーパーでは、おそらく先回りをして、賞味期限切れのハムを仕掛けておいたのだろう。そんなことができるのは、小西さんがいつスーパーに行くのかだけではなく、何を買うのか知っている人だけだ。

一緒に暮らしている家族なら、それが可能だった。

いまのところ、本は見つかったし、ハムも誰かが間違えて買っていくようなことはなかったので、実害は出ていない。

だけど、この先エスカレートしていったらと思うと、怖かった。

じっと黙って話を聞いていたお父さんは、

「その男の子は、なんのためにそんなことをしたんだと思う?」

と聞いた。

「分からないけど……たぶん、嫌がらせだと思う」

「だったら、どうして本を借りていかなかったんだろう」

「え?」

「だって、その方が嫌がらせになるだろ?」

「それは……貸し出しカードを持ってなかったとか……」

「ああ、たしかにその可能性はあるかもしれないね」

お父さんはうなずくと、かたい表情のまま、

「でも、そもそもその男の子は、どうして川端さんがその本を借りに来ると分かっていたんだい？」

と続けた。

「あっ……」

わたしは絶句した。いわれてみれば、たしかにそうだ。

あのあと、ほかの本も迷子になってないか気になってたしかめたけど、移動されていたのは一冊だけだった。

川端さんは、俳句の会で先生にすすめられたっていってたけど……。

「あの子も俳句の会に参加してたとか……」

というわたしの思い付きは、

「だけど、最年少は大学生なんだろ？」

わたし自身の発言によって否定された。

なにか、前提が間違っているのだろうか……。

わたしが考えに沈んでいると、

「そういえば、さっきいってた俳句の番組なんだけどね……」

お父さんはとうとつに、別の話をはじめた。

その番組は、ある大企業に勤めていた男性が、定年退職をきっかけに、俳句をはじめる

姿を追ったドキュメンタリーで、その男性に俳句を教えているのが、女子高生のお孫さんだった。

小学生のときに俳句にはまったお孫さんは、高校生のいまでも文芸部に入って、俳句をつくり続けているのだ。

俳句に詳しいお孫さんと、俳句は初心者だけど、多くの人生経験があって、たくさんの言葉を知っているおじいさんが、互いに教え合いながら俳句をつくっていくんだけど、その番組の構成が面白かったらしい。

番組の冒頭で、いっしょになって俳句を考える二人の姿に、「孫に俳句を教える祖父……」というナレーションがかぶさる。

そしてすぐに「ではありません」と続くのだ。

「年配の男性の方が俳句に詳しくて、若い女の子は詳しくないだろうという先入観を利用した演出なんだけどね。もしかしたら、図書館やスーパーでも、同じことが起こっていたのかもしれないと思ったんだ」

離れていったと思っていた話題が、とつぜん戻ってきて、わたしは頭がくらくらした。

「どういうこと？」

「これはひとつの可能性なんだけど……」

そう前置きをしてお父さんが話した内容は、わたしには理解できないものだった。

いや、行動としては理解できるし、むしろこちらの方が理屈にあう。

いままで無理やり押し込めていたジグソーパズルのピースが、なんの抵抗もなく、おさまるところにおさまったという感じさえした。

だから、お父さんは〈可能性〉といっているけど、かなり〈真実〉に近い〈可能性〉なのだろう。

「もちろん、全然的外《まとはず》れな想像かもしれないよ」

混乱するわたしを安心させるように、お父さんは優しい声でいった。

「ただ、少なくともぼくは、この可能性を考えてしまった以上、たしかめないわけにはいかない。いまのところ実害は出てないみたいだけど、これ以上エスカレートするようなことがあれば、どうなるか分からないからね」

「わたしもたしかめたい」

気がつくと、わたしはお父さんの台詞にかぶせるように、そういっていた。

たぶん、これは大人の問題なんだと思う。

だけど、知ってしまった以上、なにもせずにただ待っていることはできなかった。

お父さんは、一瞬渋い顔を見せたけど、

「仕方ないな」

あきらめたようにそういって、カップの底に残っていたコーヒーを飲みほした。

「それじゃあ、いっしょに行くか」

「行くって、どこへ?」

「決まってるだろ」

お父さんはことさらにおどけるように、肩をすくめて笑った。

「探偵の基本は、現場だよ」


翌日。お昼ご飯を早めにすませたわたしは、自転車を走らせて、お昼過ぎには図書館に到着した。

一階を少しうろついた後で、二階に向かう。

二階には子どもの本はあまりないので、一階に比べると落ち着いた雰囲気だ。

わたしは足音に気をつけながら、見て回った。

気になったタイトルを見つけると、足を止めて、パラパラとめくる。

動物の本は写真を見ているだけでもキュンとするし、料理の本はおなかが空いてくる。

そして文章の上手な人の旅行記は、まるで自分もいっしょに外国を旅行して、ひさしぶりに日本に帰って来たような気分にさせてくれた。

気になった本を空いている机に積み上げて、夢中になって読んでいると、階段の方からがやがやという声と足音が聞こえてきた。

どうやら、俳句の会が終わったようだ。

川端さんと小西さんが、いっしょに降りてくるのが見える。

わたしは本を手に立ち上がると、動物の本と料理の本を棚に戻した。

そして、鉄道の棚から取り出した一冊の本を、旅行記といっしょに抱えて、階段へと足を向けた。

するとちょうど一階におりたところで、

「館長はいるかな?」

男の人の大きな声が、カウンターの方から聞こえてきた。

本を手にしたまま、様子を見に行くと、レファレンスカウンターの前で、小西さんが美弥子さんに詰め寄っていた。

「どういったご用件でしょうか」

美弥子さんが落ち着いた声で返すと、

「小西が来たといってもらえれば分かります」

小西さんは不機嫌さをアピールするように、ギュッと眉間にしわを寄せた。

「残念だけど、この間の提案が、まったく反映されてないんだ」

計画では、わたしの役割はここまでだ。

だけど、気がつくとわたしはカウンターに近づいて、小西さんの後ろで小さくなっている川端さんに声をかけていた。

「どうしたんですか?」

「あら、しおりちゃん……」

川端さんは、周りの注目から逃れるように、肩をすぼめて小さな声でいった。

「また本が見つからなかったの」

「なんていう本ですか？」

「『てのひら俳壇』っていう句集なんだけど……」

わたしは小さく深呼吸をすると、川端さんの横を抜けて、小西さんのそばに立った。

「あの……」

「ん？」

小西さんは険しい顔のまま、こちらを振り返って、ほんの少し表情をやわらげた。

「ああ、この間のお嬢さんか。少しうるさかったかな？　実はまた本が……」

「貸し出し記録がないのに、館内に見あたらなかったんですよね？」

わたしの台詞に、ちょっと面食らったような顔を見せた小西さんは、すぐに元の表情に戻ると、重々しくうなずいた。

「そうなんだよ。まったく困ったものだ……」

「それって、もしかして、この本ですか？」

わたしは二冊持っている本のうち、『てのひら俳壇』の方を小西さんに見せた。

小西さんは一瞬絶句したけど、すぐに笑みを浮かべて、

「そうそう、この本だよ。どこにあったんだい？」

と聞いてきた。

「電車の棚にありました」

「まったく……どうしてこんな、つまらない悪戯をするのかな……」

小西さんは斜め下を見ながら、吐き捨てるようにいった。

「悪戯？」

「ああ。おおかた、誰かが勝手に移動させたんだろう。しかし、一階の本をわざわざ二階に持って行くというのは、たちが悪いな。今度、わたしから市長に管理体制の強化を進言しておくよ。いまの市長は、市議会議員に初当選したときからよく知ってるから……」

途中からわたしではなく、川端さんと美弥子さんに向かって話し出した小西さんに、わたしは、

「どうして知ってるんですか？」

と聞いた。

「え？」

小西さんが、意表をつかれたように話を止めて、わたしを見る。

「どうして二階にあったって知ってるんですか？」

わたしはもう一度言い直した。

「この前探していた本は、海外の児童書の棚にありました。今度も、見つけたのは子どものわたしで、電車の棚にあったとしかいってないのに、どうして一階じゃなく、二階の電車の棚だって知ってるんですか？」

小西さんの顔から、サッと血の気が引いた。

「きみはなにを……」

「本を二階に移動させたのは、小西さんですよね」

本当はわたしが指摘する予定じゃなかったんだけど、ごまかそうとする小西さんの態度に我慢できなくなって、わたしはぐっと近づきながらいった。

「わたし、見てたんです」

俳句の会が始まる前に、図書館に到着したわたしは、小西さんが俳句の棚から本を抜き出して、二階に持って行くところを、本棚の陰からずっと見ていたのだ。

「ふざけるな！」

わたしの言葉に、顔を真っ赤にした小西さんは、わたしの手から本を荒々しく奪い取ると、

「なんだその態度は！　年長者に対して、失礼じゃないか！」

ここが図書館であることを忘れたような怒鳴り声をあげながら、本を大きく振り上げた。

「――っ！」

殴られる！　と思ったわたしは、とっさに両腕で頭をかばって目を閉じた。

だけど、バシッ、という音はしたのに、いつまで経っても衝撃は襲ってこない。

そっと目を開けると、わたしの前にお父さんの大きな背中があった。

「なにをするんですか」

お父さんは、振り下ろされた本を左手で受け止めた姿勢のままでいった。

静かだけど、怒りのこもった低い声だ。

「こ、この……」

本を手放した小西さんは、腕を震わせながらわたしを指さした。

「この子どもが、わけの分からないことをいって、わたしをおとしいれようと……」

「おとしいれる？」

お父さんの声に、小西さんはようやく相手の怒りに気づいた様子で、口を閉ざした。

「あなたはさっきから、なにをいっているんですか？」

お父さんは一歩進み出ると、小西さんの顔をまっすぐに見つめながらいった。

「この子は、あなたが探していた本を見つけただけですよ」

「いや、しかし……」

だんだんとトーンが下がっていく小西さんに、いつのまに来ていたのか、館長さんが声をかけた。

「小西さん」

「ああ、きみか」

小西さんはホッとした様子で館長さんに向き直った。

「きみからも、いってやってくれないか。この失礼な……」

「どこが失礼なのか分かりませんね」

館長さんは表情をゆるめることなく、小西さんの台詞を遮《さえぎ》った。

その剣幕に、小西さんがたじろぐ様子を見せる。まさか館長さんが、自分に意見するとは思っていなかったのだろう。

そんな小西さんに、館長さんは容赦《ようしゃ》のない口調で続けた。

「それよりも、子どもに暴力をふるおうとしたことを、見過ごすわけにはいきません」

「わたしはなにも……」

「みんなが見ているんですよ」

館長さんの言葉に、小西さんはハッとした様子であたりを見回した。

そして、ある一点で視線を止めて、ぽかんと口を開けた。

「もうやめてくれよ、じいちゃん」

あの男の子が、泣きそうな声でうったえかける姿に、小西さんはへなへなとその場にくずおれた。

「さっきは怖い思いをさせて、すまなかったね」

館長室のソファーで向かい合うと、館長さんはひざに手をついて、深々と頭をさげた。

「あ、いえ、わたしは大丈夫ですから……」

わたしはあわてて胸の前で両手を振った。

もとはといえば、わたしがお父さんとの約束――小西さんが、自分で隠した本を自分で探すようなそぶりを見せたら、お父さんに本を渡してあとはまかせる――を守らなかったのが原因なのだ。

「こちらこそ、お騒がせをしてしまって……」

わたしのとなりで、頭をさげようとするお父さんに、

「いやいや。本来は、こちらで対処しなければならないことですから……」

館長さんは大きくかぶりを振ると、ソファーに座りなおした。

「まずは、お話を聞かせていただけますか？」

お父さんは、これまでの経緯を順を追って話し出した。

昨日、わたしの話を聞いたお父さんが口にしたのは、小西さん自身が本を隠して、自分で見つけたふりをしているという、自作自演の可能性だった。

おそらく小西さんは、会が終わるとすぐに一階に降りて、『道端の短冊』を児童書の棚に隠してから、川端さんといっしょに探すふりをしたのだろう、とお父さんは推測した。

もちろん、それが事実だという証拠は何もない。

ただ、自作自演がばれてないと思っているなら、もう一度同じことをするかもしれないと考えたわたしたちは、ある作戦を立てた。

前回は、俳句の先生が川端さんに本をすすめてくれたけど、今回も同じような展開になるとは限らない。

それよりも、自分で事前に本を隠しておいて、会が終わってから、その本を川端さんにすすめる方が確実だ。

だから、俳句の会がはじまる前に図書館に行って、本を隠す現場をたしかめればいいんじゃないか——。

ただ、お父さんは地元出身の小説家として図書館で講演会もしているので、目立ってしまう。

そこで、わたしが小西さんの行動を見張ると申し出たのだ。

お父さんは、もちろんはじめは渋っていたけど、危ないことをしないなら、という条件付で認めてくれた。

結局、カッとなったわたしが小西さんに詰め寄ったせいで、あんな騒ぎになってしまったんだけど……。

そこまで説明が進んだところで、コンコン、とノックの音がして、美弥子さんが顔を出した。

その後ろから、川端さんに付き添われるようにして、さっきの男の子が顔を出す。

男の子は入ってすぐのところで足を止めると、

「あの……じいちゃんが、本当にすみませんでした」

そういって、かたい表情で頭をさげた。

「まあまあ、とりあえず座りましょ」

川端さんが優しく笑ってソファーをすすめる。

三人掛けなので、館長さんのとなりに美弥子さんと男の子が、お父さんのとなりに川端さんが腰をおろすと、わたしたちは簡単に自己紹介を交わした。

「孫の修太《しゅうた》です」

男の子——修太さんは、そういってまたぺこりと頭をさげた。

小西さんは、修太さんにうながされて、放心状態のままとぼとぼと帰って行ったらしい。

お父さんがもう一度、館長さんに話した内容をかいつまんで説明すると、修太さんが神妙な顔でぽつりぽつりと語り始めた。

修太さんは以前から、小西さんの様子がおかしいことに気づいていたのだそうだ。

一週間前も、気になって図書館に見に来ると、小西さんが俳句の本をなぜか児童書の棚に移動させているのを目撃した。

何をしているんだろうと思って、本を確かめようとしたところに、わたしがあらわれて、なんとなく後ろめたかった修太さんは、思わずわたしに、にらむような目を向けてしまったということだった。

「あのときは、じいちゃんがこそこそと本を隠すようなことをしてるから、まずいところを見られたんじゃないかと思って……」

ごめんな、といって頭をさげる修太さんに、わたしはぶんぶんと首を振った。

わたしの方こそ、修太さんが悪戯の犯人だとずっと思い込んでいたのだ。

気づかせてくれたのは、お父さんが話してくれた俳句の番組だった。

おじいさんと孫が俳句を勉強しているからといって、おじいさんが孫に教えているとは限らない。

悪戯の現場に、常におじいさんと孫がいるからといって、孫の方が犯人とは限らないのだ。

「それで、小西さんはどうしてあんなことをしたんですか？」

わたしは修太さんに聞いた。

「それは……」

修太さんが眉を寄せて、言葉を探すように何度もひざの上の手を組み替える。

「最近、悩んでらしたみたいなの」

それを見て、川端さんが助け舟を出すように口を開いた。

俳句の会には講師の先生がいて、みんなが提出した句に講評をする。

三か月前に入会した小西さんは、はじめは褒められることが多かったけど、最近は厳しい意見が増えてきたことに不満を持っていたらしい。

もっとも、川端さんによると、別に小西さんの句が悪いわけではなく、先生の方針で、慣れてくるにしたがってだんだん厳しくしていっているのだそうだ。

「むしろ、厳しくいわれるっていうことは、それだけ見込みがあるっていうことなのよ」

もちろん、ただ厳しいだけではなく、ちゃんといいところにも触れた上で、改善点を指摘するんだけど、小西さんはそれでも納得できなかったみたいだ。

「じいちゃんは、何かを教えられるのに、向いてないんだと思います」

修太さんはそういうと、中学生とは思えないような大人びた仕草でため息をついた。

いままでにも、市民センターで開かれている〈雲峰の歴史を学ぼうの会〉や〈エッセイを書いてみよう！〉といった講座に参加しては、「参加者のレベルが低い」とか「講師が国立大学を出ていない」と文句をいって辞めていたけど、実際はほとんど言いがかりのようなものだったらしい。

修太さんが、さっきよりも深いため息をついたとき、いままでだまって話を聞いていたお父さんが口を開いた。

「おじいさんは、いつ市役所を退職されたのかな」

「えっと……去年の三月です」

「そうか。それじゃあ、一年と少し経つんだね……」

お父さんは、またしばらく黙っていたけど、やがてぽつりと、

「小西さんは、褒められたかったのかもしれないな」

といった。

「褒められたかった？」

わたしは思わず聞き返した。

小西さんぐらいの年齢の人が、褒められたいと思ってるだなんて、想像もつかなかった

からだ。

だけど、それを聞いた川端さんは、

「そうかもしれないわね」

と同意した。

「この年になっても、やっぱり誰かに褒められるのって嬉しいもの。わたしも、誰かに褒められたくて、俳句の会に通ってるようなものだから」

「俳句を褒められなくなった小西さんは、今度は自分自身を〈すごい〉といわれたくなった」

お父さんが厳しい表情で続ける。

「そこで、本を隠して図書館の管理責任を追及したり、後輩である館長さんを呼びつけたりすることで、自分の〈すごさ〉をアピールしようとしたんだ」

「でも、どうしてわざわざ川端さんが探している本を隠したりしたのかな？」

「たぶん、かっこつけたかったんだと思います」

わたしの問いに答えてくれたのは、修太さんだった。

「自分の探している本が見つからないっていう理由で、図書館の人に詰め寄ったりしたら、自分勝手な感じがするでしょ？　だけど、人のために探してあげてるなら、親切な人に見えるし、その人の前で図書館の職員さんを言い負かすことができる。じいちゃんは、それを狙ったんだと思います」

「そんなことのために……」

わたしが漏らしたつぶやきに、館長さんがこたえた。

「〈そんなこと〉が、小西さんにとっては切実だったんだよ」

本を自分で隠して、図書館の管理の不備を大声で指摘していたのは、自分を偉く見せるためだったのか……。

「もっとも、それだけですんでいたら、もっと穏便にすませるつもりだったんだけどね……」

お父さんが顔をしかめた。

小西さんの悪戯が本の移動だけだったら、本人に指摘するなり、館長さんに助言するなりして終わらせるつもりだった。

もちろん、小西さんは指摘されたことに腹を立てるだろうけど、これ以上図書館で悪戯をすることはなくなるだろう。

小西さんが言い逃れできないよう、現場を押さえるべきだとお父さんが判断したのは、わたしからスーパーの話を聞いたからだった。

わたしの話を聞いて、お父さんが疑問に思ったのは、小西さんの〈手〉だった。

あのとき、小西さんは左手をポケットにつっこんで、右手でハムの賞味期限をたしかめていた、とわたしはいった。

つまり、小西さんは買い物かごを持っていなかったのだ。

もちろん、買うものが少しだからという理由で、かごを持たない人もいる。だけど、図書館での出来事を聞いていたお父さんは、これも小西さんの自作自演だろうと考えた。

後日分かったことだけど、小西さんは、自宅の冷蔵庫で見つけた賞味期限切れのハムを、スーパーに持ち込んでいたらしい。

それを、売り場に並んでいたように見せかけて、スーパーの店員さんに指摘していたのだ。

結局、不審に思った店長さんが、「誰かが意図的に持ち込んだ可能性があるので、防犯カメラをすべてチェックします」というと、そこまですることはないといって、逃げるように帰っていった。

ただ、これはもう威力業務妨害で訴えられてもおかしくないレベルで、図書館のふるまいを指摘するだけではなく、言い逃れのできないように現場を押さえて、悪戯ではすまないことを自覚してもらわないと危険だと思い、お父さんはこんな計画を立てたのだ。

修太さんによると、市役所を定年退職してから、家で本を読んだりテレビを見ながらごろごろしていた小西さんが、頻繁に出かけるようになったのは、半年ほど前のことだった。

気になって、こっそりあとをついていくと、小西さんは元の職場である市役所に入っていった。

そして、あちこちの窓口で職員に声をかけては、

「もっと待ち時間を減らすように工夫できないのか。わたしがこの部署にいたときは……」

とか、

「掲示板のポスターがはがれていたぞ。たるんでるんじゃないのか。総務課長は誰なんだ?」

などと、やたら上から目線で説教をして回っていた。

本人は、改善点を教えてあげているつもりなのかもしれないけれど、中学生の修太さんから見ても、その姿は仕事の邪魔をするクレーマーにしか見えなかった。

しかも、それを毎日のように繰り返していたのだ。

やがて、警備員がぴったりと張り付いて回るようになると、さすがに気まずくなったのか、市役所には行かなくなった。

その代わり、今度は町のあちこちで説教をして回るようになった。

コンビニでは、わざわざお酒を買って、年齢確認ボタンをお願いしますという店員さんに対し、

「おれが二十歳《はたち》を超えていることぐらい、見れば分かるだろう。なんでそんなものが必要なんだ」

と詰め寄り、家電量販店では、

「メモリーだとかCPUだとか、パソコンの説明ってのは、どうしてこんなに分かりにく

いんだ」

と、買いもしないノートパソコンを前にして、店員さんに絡んでいた。

「いってることは、分からなくもないんですけど……その人にいっても仕方がないようなことを、その人の責任みたいに責め立てるんです。それが見てられなくて……」

辛そうに顔をゆがめる修太さんに、みんなは言葉を失った。

しばらくして、館長さんが小さくため息をつくと、

「先輩としての小西さんの仕事ぶりは、大変立派なものだったよ」

どこかさみしそうな口調で、修太さんに語り掛けるようにいった。

「後輩の面倒見もよかったし、仕事熱心だった。なにより、雲峰市民のために働いているという誇りがあったんだ」

「きっと、尊敬されていたのね」

川端さんが、ほおに手をあてながらいった。

「でも、無理に尊敬されようとするのは、よくないと思うわ」

「ええ、その通りです」

館長さんがかたい表情でうなずく。

「さっき、図書館の玄関でじいちゃんを見送ったんですけど……」

修太さんが視線を足元に落としたままつぶやいた。

「じいちゃんの背中、なんだか迷子みたいでした」

シンギングドッグは自由を求めて、安定した生活から逃げ出した。

小西さんは、せっかく定年までお仕事をがんばって、自由になったはずなのに、まるで何かに囚《とら》われているみたいだ。

「小西さんにしてみれば、とつぜん知らない町に連れてこられたようなものなのかもな」

お父さんがいった。

「初めて来た町で、地図もガイドブックもない。だから、いままでと同じやり方で、居場所をつくろうとするんだけど、そのために町の方を変えようとするから、今回みたいなことが起こるんだ。まずは、町を知ることから始めないといけないね」

「じいちゃん、大丈夫かな」

修太さんが心配そうにいう。

「きっと大丈夫」

お父さんがすぐにこたえた。

その力強い台詞に、修太さんが顔をあげる。

お父さんは優しく微笑みかけた。

「町にはまだ慣れていないかもしれないけど、こうやって心配してくれる家族はいるし、俳句の会でお友達もできたみたいだし」

お父さんが川端さんを見ると、川端さんもにっこりと笑い返した。

「そうやって、少しずつ地図を広げていけばいいんだよ」

修太さんは身を乗り出すようにして、川端さんにいった。

「あの……俳句の会は、じいちゃんにしては続いてるんです。なんとか続けさせてもらえませんか？」

「会の方さえよければ、わたしは大歓迎ですよ。いままでになかった視点をお持ちの方は、勉強になりますし。ただ、本を隠されるのは困りますけど……」

「それはやめさせます。来週から、ぼくもついていきますから」

「あら、それじゃあ最年少の会員さんになるのね」

川端さんが嬉しそうに手を合わせて、修太さんがようやく笑顔になった。


みんなと別れて図書館をあとにすると、わたしは自転車を押しながら、お父さんと並んで歩いた。

「お父さんが来るまで、おとなしく待ってるっていう約束だっただろ」

お父さんが顔をしかめて、ため息をつく。

「ごめんなさい」

わたしは素直に頭をさげた。

その頭の上に、ぽんぽん、と大きな手が乗せられる。

「なにごともなくてよかったよ」

顔をあげると、お父さんはちょっと困ったような顔で笑っていた。

「ねえ、お父さん」

「ん?」

「大人って、大変なんだね」

わたしの言葉に、お父さんは「まあな」と苦笑して、

「大人になると、やらないといけないことが増えて、迷子になってる余裕も暇もなくなるからな」

といった。

「だから、子どものうちに、たくさん迷子になっておくんだぞ」

迷子になることをすすめる親も、珍しいと思う。

わたしは、新しい街で次々と迷子になっていく自分の姿を想像しながら、

「はーい」

と元気よく返事をした。

第三話

偽名

あれはたしか、一年くらい前のことだったと思う。

学校の図書室で児童向けのミステリー小説を読んでいたら、ちょうど終盤《しゅうばん》にさしかかったあたりで、

〈こいつが犯人だ！〉


と、でかでかと書かれた文字が目に飛び込んできた。

さらに、登場人物のひとりの名前を丸で囲んで、文字から矢印がひっぱられている。

それまで、特に疑う根拠もなく、なによりアリバイがはっきりしていて犯行が不可能だと思われていた人物だ。

この人が真犯人だと最後に明かされたら、わたしは「あっ」と声をあげていただろう。

それだけに、悔しかった。

文字は鉛筆で書かれていたけど、かなり強めの筆圧だったので、消しても跡が残ってしまう。

消しゴムをかけた上から、修正液か何かで塗りつぶさないとだめだろうし、そのページ

には探偵役の少年とその人物しか登場しないため、勘のいい読者なら、消された跡があることで真相に気づいてしまうに違いない。

砂をかむような思いで、残りのページを読み進めたわたしは、最後まで読んで、予想外のラストにおどろいた。

結局、その人物は犯人ではなかったのだ。

書き込みの犯人が、小説の真犯人を知らずに自分の推理を書いただけなのかもしれないし、もしかしたら読む人をひっかけるために、わざと別の人物を指摘したのかもしれない。

とにかく、わたしはおどろいた。だけど、わたしが求めているおどろきは、そういうものではなかった。

その本のタイトルは『生徒会長は二度殺される』だったけど、わたしにとっては、その本の〈おどろき〉が〈殺され〉たのだ。

それからしばらくは、図書室や図書館でミステリーを借りて読むとき、ネタバレにつながるような書き込みがないかとドキドキしたものだった。

さて、少し蒸し暑い風が吹く、五月最後の日曜日。駅前にある大正《たいしょう》書店に、安川くんといっしょにやってきたわたしは、文庫本コーナーの前で、そのときのことを思い出していた。

〈衝撃の大どんでん返し！　ラスト3ページで、あなたはきっとだまされる！〉

黒地に金色のペンで書かれたポップが、カードスタンドの先で揺れている。ポップというのは、小さな紙に宣伝用のコメントが書かれたもので、出版社がつくって配ることもあるけど、本屋の店員さんが、自分で読んだ本を紹介するために書くことも多い。

「どうかした？」

コーナーの前で足を止めたわたしに、安川くんが声をかけてきた。

わたしは目の前のポップを指さしながら、

「ここまで書いちゃって、いいのかな」

と首をかしげた。

どんでん返しがあるというのも、その本の〈おどろき〉の一部のはずだ。

それを、どんでん返しの場所までばらしてしまうのはどうかと思ったのだ。

安川くんは、ポップの横に高く平積み——表紙が上になるように陳列された本のことで、背表紙しか見えない〈棚差し〉に比べると、お客さんへのアピール度が全然違うらしい——された本の一冊を手に取ると、

「大丈夫だと思うよ。ほら、帯にも書いてあるし」

そういって、わたしに表紙を向けた。

『あなたが骨になるまで』という、ちょっと怖そうなタイトルのその本には、カバーの上から帯と呼ばれる、幅五センチくらいの細い紙が巻かれていて、ポップとまったく同じ

メッセージが書かれている。

というか、帯のメッセージを、そのままポップにしたのだろう。

つまり、作者や出版社も、ここまでばらすことは想定内だということだ。

どんでん返しがあると分かっていても、だまされるって、どんな話なんだろう……。

大人向けミステリーの文庫本なんて、めったに読まないけど、そう考えるとなんだか気になってきた。

とりあえず、帰りにまた考えることにして、わたしたちは当初の目的である、中学受験の参考書を見に行くため、階段をのぼった。

今日は、安川くんが「面白い問題集がある」というので、教えてもらいにきたのだ。

児童書コーナーの一番奥の壁に『入試に出る漢字９９９！　これだけやれば絶対受かる！』とか『徹底攻略　図形問題』といった、いかにもなタイトルの本から、『問題文を読まなくても正解できる！　一か月で合格できる魔法の解答術』という怪しげな本、『クロスワードで覚える　入試に出る理科　植物・動物・人体編』『まんがで分かる　歴史上の偉人・変人』といった、ちょっと手にとってみようかなと思わせる面白そうな本まで、ずらりと並んでいる。

そんな中、安川くんは一冊の本をわたしに差し出した。

『20日間世界一周　語句・漢字編』

国語の問題集なんだけど、怪盗が世界中を旅しながら、各国のお宝を盗んでいくショートストーリーが二十編ほど収録されている短編集で、文章中に出てくる言葉の意味や漢字の書き取り問題が各話の最後にのっている。

「小説を読みながら、一日一問解いていけば、二十日間で受験によく出る単語や漢字を覚えられるんだ」

「へーえ」

安川くんの説明を聞きながら、世界的な怪盗と小学六年生の平凡な女の子が出会う第一話を読んでいたわたしは、なんとなく文章に見覚えがあるような気がして、表紙を見た。

「あ、この人……」

問題を監修しているのは学習塾の先生なんだけど、文章を担当しているのは、わたしも安川くんも大好きな児童ミステリー、双子の怪盗シリーズの作者だったのだ。

「な？　すごいだろ」

安川くんはなぜか、いばるようにいった。

本棚にはほかにも、『20日間日本一周　歴史編』とか『科学探偵の事件簿』といったタイトルが並んでいる。

わたしはその中から、『科学探偵の事件簿』を手に取った。

小学校の科学クラブの部員たちが、ばねや電流などの知識を使って次々と謎を解いていくミステリー形式になっているみたいで、これならわたしでも苦手な理科を覚えられそうだ。

文章を担当しているのは、わたしも読んだことのあるファンタジー系の作家さん。ミステリーを書いているイメージはなかったので、ちょっと意外だった。

参考書のコーナーには、シリーズで『算数探偵の事件簿』や『漢字探偵の事件簿』が並んでいる。

何冊か読み比べた結果、わたしは『算数探偵の事件簿』を、安川くんは『20日間日本一周　地理編』を選んで、一階に戻った。

そのままレジに向かおうとすると、

「あれ？　これって……」

今度は安川くんが足を止めて、本棚の上を見上げた。

児童書の棚の上に、一辺十五センチくらいの小さな色紙が、ずらっと並んでいる。

その中に、図書館で知り合った新人児童文学作家、夏目さんの名前があったのだ。

夏目さんは、名前を少し崩して書いてあるだけなので、パッと見ただけですぐに分かるけど、人によっては読めないものもある。

それでも、児童書はイラストが添えられている色紙が多いので、知っている本なら、なんとか読み取ることができた。

「作家さんって、本名を使う人と、ペンネームの人がいるんだよな」

安川くんが興味深そうにサインを見ながらいった。

「うん。夏目さんは本名で、水野さんはペンネーム。最近は、ペンネームの人の方が多いんだって」

「そうなのか？」

お父さんによると、デビュー前からネットで作品を公開したり、ＳＮＳで本名以外の名前を持っている人が増えたせいか、新人賞に応募する時点で、すでにペンネームを持っている人の割合が多くなってきたらしい。

わたしたちがそんな話をしていると、

「おや、いらっしゃい」

藍色《あいいろ》のエプロンをつけた、背の高い男の人が声をかけてきた。副店長の木梨《きなし》さんだ。

副店長といっても、まだ二十代なんだけど、大学生のころからこの書店でアルバイトをしていたので、もう勤続十年近いベテランだった。

「これって、夏目さんのサインですよね？」

わたしが色紙を指さすと、

「そうか。茅野さんは知り合いだったね」

木梨さんは色紙を見ながら微笑んだ。

「うん。新刊が出たときに、お願いして書いていただいたんだよ」

「こういうサインって、本屋さんの方からお願いするんですか？」

安川くんがたずねると、木梨さんは「そうだね」とうなずいた。

「普通は出版社に依頼して、サイン本や色紙を送ってもらうんだけど、夏目さんはよく利用していただいていたから、直接お願いしたんだ」

　それでも、一応出版社に確認はとるらしい。

「夏目さんは、一番はじめに出版社の営業の方といっしょにあいさつに来てくれたから大丈夫だけど、本人が名乗ってるだけだと、本物かどうか分からないからね」

「偽者がいるんですか？」

　わたしがおどろいて聞き返すと、

「ぼくも、はじめて見たんだけど……」

　木梨さんはそのときのことを思いだしたのか、複雑な表情を浮かべて、先月起こったという出来事を話し始めた。

　それは、お客さんの少ない平日のお昼前のことだった。木梨さんが本棚の整理をしていると、ニット帽を目深にかぶった男の人が、ふらりとあらわれた。

　男の人は、ある有名な恋愛小説家の名前を名乗ると、

「取材の帰りにたまたま立ち寄ったら、自分の本が置いてあった。気分がいいので、サインを書いてやろう」

　と言い出した。

　たしかに、ちょうどその人の新刊が発売されたところで、大正書店でも目立つところに積んであったので、サインがあれば人目を引くだろうとは思ったけど、問題がひとつあった。

その作家さんは、ほとんど顔出しをしていない人で、プロフィールも明かされていないため、本人かどうかの判断ができなかったのだ。

間の悪いことに、その日は本部で会議があって、店長は夕方まで不在だった。

男の人は、「早く色紙をよこせ」と迫ってくる。

困ってしまった木梨さんは、とりあえず考える時間を稼ごうと、男の人と雑談をしているうちに、あることに気がついた。

「その作家さんには、『初恋輪舞曲《はつこいロンド》』っていう作品があるんだけど、その人はずっとそれを『初恋輪舞曲《はつこいりんぶきょく》』って読んでたんだ」

以前、お客さんからも同じように間違った読み方で問い合わせがあったので、印象に残っていたのだそうだ。

読者ならともかく、書いた本人が、タイトルの読み方を知らないなんてありえない。

木梨さんがそのことを指摘すると、男の人は顔を真っ赤にして、

「なんだ、この失礼な店は！　誰がこんな店にサインを書いてやるか！」

と怒鳴りながら、逃げるように帰っていった。

後日、出版社の人が営業に来たので、その話をすると、

「ああ……その人、こんな格好じゃありませんでしたか？」

そういって、男の人の風体を的確に言い当てた。

どうやら、ほかの書店でも同じことをしている、常習犯だったらしい。

「それって、目的はなんだったんですか?」

安川くんが不思議そうにいった。

「色紙を置く代わりに、お金を払えとか、本をただで渡せっていわれたわけじゃないですよね」

「なんにも要求されなかったよ。ただ、おれは有名な作家だから、おれの書いた色紙を目立つところに置いておけっていうだけだった」

「どうしてそんなことをするんだろう……」

わたしがつぶやくと、木梨さんはため息をついて、

「たぶん、特別扱いされたかったんじゃないかな」

といった。

「嘘《うそ》でもいいから、誰かに『すごい』っていってもらいたかったんだよ」

お父さんによると、作家が小説を書くだけでは、その小説は完成しないらしい。

誰かが手に取って、その本を読むことで、ようやく完成するのだそうだ。

「だから、もししおりが『いいな』と思う小説があったとしても、それは作者が『いい小説』を書いたというわけではなく、その本を書いた作者と、本を印刷したり運んだり販売してくれた人たち、そして本を読んでくれた読者の輪の中で完成した『いいな』なんだ」

お父さんはそこで言葉を切ってから、

「――と、ぼくは思ってるんだけどね」

ちょっと照れたように、そう付け加えた。

その男の人が、どういうつもりでそんなことをしているのかは分からないけど、少なくとも作家を名乗るだけで、

「すごいだろ」

という態度には、わたしは共感できなかった。

大人になったら、そんなに『すごい』といってもらいたくなるのだろうか――。

この間の図書館とスーパーでの出来事を思い起こしながら、わたしは『あなたが骨になるまで』の棚に足を向けた。


安川くんと別れて家に帰ったわたしは、お昼ご飯を食べると、今度は図書館へと向かった。

児童書コーナーをのぞくと、国語や算数といった教科別の棚があって、予想していた以上にバラエティに富んだ本が並んでいる。

特に算数は、数字の歴史や、国による計算方法の違い、一生を数学に捧げた数学者の生涯など、読み応えのあるものが多かった。

いままで数え切れないほど、この棚の前を通り過ぎてきたはずなのに、どうして気がつかなかったのだろう。

きっと、意識していないものは、視界に入っても見えてないんだな、と思いながら、わたしが本を選んでいると、

「しおりさん」

後ろから名前を呼ばれた。

振り返ると、細身のジーンズに明るい黄色のシャツを着た、すらりとした女の子が立っていた。

「葉月《はづき》さん」

わたしははしゃいだ声をあげた。

葉月さんは読書感想文が縁で知り合った、空知市《そらちし》に住むひとつ年上のお姉さんだ。

「こんにちは」

葉月さんはにこりと笑って、わたしの手元に視線を向けると、

「受験するの？」

といった。

「え？」

思いがけない台詞に、わたしは手にしていた本に目をやって、「あっ」と声をあげた。

声をかけられたときに、たまたま手に取っていた本が『中学受験に負けない算数術』だったのだ。

「これは違うんです」

わたしが、午前中に友だちと本屋さんに行って、面白そうな参考書をたくさん教えてもらったので、算数の本を見ていたのだと説明していると、

「こんにちは」

目が覚めるようなエメラルドグリーンのサマーセーターを着た溝口《みぞぐち》さんが、葉月さんの後ろから、トートバッグを肩にかけてあらわれた。

溝口さんは、雲峰市に住んでいる葉月さんの叔母《おば》さんで、わたしは溝口さんを通して、葉月さんと知り合ったのだ。

「あら、しおりちゃん、受験するの？」

溝口さんの言葉に、わたしはまだ『算数術』の本を持っていたことに気づいて、葉月さんと顔を見合わせて笑ってしまった。

「いまから葉月ちゃんと〈らんぷ亭〉でお茶するんだけど、よかったら、しおりちゃんもどう？」

溝口さんのお誘いに、わたしはもちろん「はい」とうなずいた。

さっそく歩き出す溝口さんの後ろを、わたしと葉月さんが並んでついていく。

途中、貸し出しカウンターの前を通りかかったところで、溝口さんがしゃがみこんで、一枚の紙を拾い上げた。

どうやら、貸し出しカードを申し込むための記入台から、書きかけの申込用紙が落ちてきたようだ。

「あ、ごめんなさい」

記入台に向かっていた小柄なおばあさんが、あわてた様子で振り返るけど、溝口さんはなぜか用紙を手にしたまま、ポカンとした表情で動きを止めている。

「おばさん」

葉月さんのささやきに、溝口さんは我に返って、おばあさんに用紙を差し出した。

「どうぞ」

「ありがとうございます」

おばあさんはていねいに頭をさげると、記入台に向き直って続きを書き始めた。

わたしたちは、そのままおばあさんの後ろを通って玄関に向かったんだけど、外に出る直前、溝口さんがとつぜん足を止めて振り返った。

つられるように溝口さんの視線の先を追うと、記入を終えたのか、さっきのおばあさんが申込用紙を手に、カウンターへと歩き出すところだった。

「ごめん。ちょっと待ってて」

溝口さんは早口で言い残すと、ロビーにある〈最近図書館にはいった本〉のコーナーから、一冊の本を抜き出して、まるで競歩のような足取りで貸し出しカウンターへと向かった。

ちょうどほかに誰もいなかったので、そのまま進んで、おばあさんのとなりのカウンターに本を差し出す。

そして、貸し出し手続きをすませると、カードの説明を受けているおばあさんに背を向けて、わたしたちのところに戻ってきた。

「お待たせ」

溝口さんはなぜか、かたい表情を浮かべながら、

「さあ、お茶にしましょうか」

そういうと、わたしたちを押し出すようにして建物を出た。

図書館のとなりにある〈らんぷ亭〉を目指して歩き出す溝口さんに、

「おばさん……」

葉月さんが不思議そうに声をかけた。

「その本が読みたかったの？」

「え？」

溝口さんは、そのときはじめて気づいたように、自分がいま借りてきた本を見て、目を丸くした。

それは、クラスの男子に大人気のサバイバル図鑑シリーズ最新刊、『究極サバイバル図鑑　あなたも熊と戦える！』だった。

〈らんぷ亭〉で窓際のテーブル席に落ち着いて、注文をすませると、わたしは葉月さんに

質問した。

「中学校では、何かクラブに入ったんですか？」

「はい。文芸部に」

「葉月ちゃん、テニス部と迷ってたのよね」

溝口さんがとなりから、肘《ひじ》で突っつくようにして葉月さんの顔をのぞきこんだ。

「え、そうなんですか？」

わたしが意外に思って問いかけると、葉月さんは照れたように微笑んで、

「友だちに誘われたけど、体験入部であきらめました」

と答えた。

なんでも、ラケットとボールの距離感が絶望的につかめなかったらしい。

葉月さんによると、文芸部の活動は、基本的には週に一回の読書会と、毎年秋に開かれる文化祭で配布する部誌の作成なんだけど、それ以外にも夏休み前に、部内だけで回覧する冊子をつくるのだそうだ。

「それが、一年生は全員参加なんです」

小さくため息をついて、眉を下げる葉月さんに、

「葉月さんは、何を書くんですか？」

と聞いた。

読書感想文がすごく得意なので、書評とか、本の紹介みたいなことをするのかな、と

思っていたんだけど、

「それが、できれば小説を書いてみて欲しいっていわれてて……」

葉月さんは複雑な表情で、ほおに手を当てた。

現在在籍している部員の中に、詩や短歌を書く人は何人かいるけど、小説を書く部員があまりいないらしい。

もちろん、何を書くかは自由だけど、もし興味があるならチャレンジして欲しいといわれているのだそうだ。

「どんな小説を書くんですか？」

わたしが身を乗り出したとき、

「おまたせしました」

マスターが、飲み物を持ってきてくれた。

葉月さんは、シャツの色に合わせたようなレモングラスのハーブティーを、しばらく無言でかきまぜていたけど、やがて、

「実は、ミステリーを書こうと思ってるんですけど……」

グラスとスプーンが当たる音にかき消されそうな小さな声でそういった。

「すごい」

わたしは目を丸くした。

ミステリー好きのお母さんによると、ミステリーを書くというのは、一軒の家を建てる

のと同じで、どれだけ素敵な間取りや美しい外観をつくったところで、柱が足りなかったり、土台がしっかりしていなかったら、途端に崩れてしまうのだそうだ。

「読む方は楽だけど、書くのは大変よね」

コーヒーにホイップクリームをたっぷりのせたウィンナーコーヒーのクリームだけを美《お》味《い》しそうに食べると、溝口さんは葉月さんの顔を見ながらいった。

「法律の知識が必要になったら、いつでも協力するからね」

溝口さんは法律事務所で事務の仕事をしている。

葉月さんは苦笑いのような表情を浮かべて、

「人が死んだりするような話は苦手だから、〈日常の謎〉でいこうかと思ってるんだけど……」

そういうと、ティースプーンでハーブティーをぐるぐるとかき回した。

「〈日常の謎〉ってなんですか？」

聞き慣れない言葉に、わたしは葉月さんにたずねた。

「えっと……事件とか犯罪じゃなくて、身の回りで起きるちょっとした謎を扱ったミステリーのことなんですけど……しおりさんは、『駄菓子屋探偵の事件簿』を読んだことはありますか？」

「あります！」

わたしは即答した。

正式名称は、『ミステリーは駄菓子とともに　駄菓子屋探偵・煎餅太郎《せんべいたろう》の事件簿』で、単行本と同じ四六判のソフトカバーだ。

舞台は下町の駄菓子屋〈大場屋《おおばや》〉。

あるとき、大場屋のおばあちゃんが怪我《けが》をして、入院することになった。

もしかして、このまま大場屋がなくなってしまうんじゃないかと、近所の小学生たちが心配していると、おばあちゃんの孫を名乗る煎餅太郎という青年が、店番にやってきた。

背がひょろっと高くて、開いているのか閉じているのか分からないくらい目の細い太郎は、一見ぼんやりとしていて頼りないいんだけど、駄菓子をひとつでも買うと、持ち込んだ謎を解決してくれるのだ。

大場屋に持ち込まれる謎は、「となりの飼い犬が、いつのまにか知らない犬に変わってる気がする」とか「郵便ポストの上に、毎日違うぬいぐるみが置いてある」といった、事件ともいえないような、身の回りで起きた奇妙な出来事なんだけど、実はそれが重大な事件につながっていたり、意外な真実が明かされたりして、依頼をした子どもも（そして読者も）びっくりするのだった。

なるほど、あれが〈日常の謎〉か。

話を聞いているうちに、わたしは偽サイン事件を思い出していた。

もしかしたら、葉月さんがネタに使えるかもしれない。

それに、溝口さんに聞けば、あれが犯罪になるかどうかも分かるだろう。

「あの……さっき、大正書店に行ってきたんですけど……」

わたしは木梨さんから聞いた話を、なるべく詳しく説明した。

「これって、なにか罪になるんですか？」

「うーん……」

溝口さんは腕を組んで、しばらく考えこんでいたけど、

「名前をかたるだけだったら、罪にはならないかもね」

難しい顔で、そういった。

「そうなんですか？」

わたしはちょっとおどろいた。人をだましているのだから、なにかの罪にはなると思っていたのだ。

「法律的には、具体的な被害が存在しないと、罪には問いにくいのよ」

溝口さんはちょっと肩をすくめた。

「だから、たとえば色紙を書いたからお金を払えって要求してきたり、本をただでよこせっていったり……あと、その人の態度がすごく悪くて、名前をかたられた作家さんの評判がさがったりすると、詐欺《さぎ》とか営業妨害になるかもしれないけど……」

そこでとうとつに言葉をとぎらせる。どうしたんだろう、と思っていると、

「さっきの人も、偽名だったのかしら」

溝口さんがぽつりとつぶやいた。

「なんの話？」

葉月さんが眉を寄せて、溝口さんの顔をのぞきこむ。

「さっき、申し込み用紙を拾ったときに、書いてある内容が目に入ったんだけど……」

溝口さんは戸惑いを浮かべながらいった。

「書かれてた住所が、わたしが住んでるのと同じマンションだったの」

「お知り合いだったんですか？」

わたしが聞くと、溝口さんはあいまいな仕草で首をひねった。

「それが、知ってるような知らないような……」

溝口さんが住んでいるのは、雲峰駅の裏手にある八階建てのマンションで、部屋が小さいせいか、ひとり暮らしの住人が多い。

いまから二週間ほど前のこと、仕事から帰った溝口さんは、よその部屋宛ての郵便物が、間違って自分のところに届いていることに気がついた。

溝口さんが住んでいるのは六階の〈６０３〉号室で、封筒の宛名は〈８０３〉号室。

しかも、相手の名前が〈満口《みつぐち》〉とくれば、配達員が間違えるのも無理はない。

一階で郵便ボックスから取り出した時に気づいていれば、〈８０３〉のポストに入れなおすこともできたのだが、溝口さんが郵便物の間違いに気づいたのは部屋に帰ってからで、しかも封を開きかけていた。

差出人は通販会社で、大事なものかどうかは分からないが、勝手に捨てるわけにもいかないし、かといって、このままポストに戻されても気味が悪いだろう。

それに、もしかしたら今後、向こうに自分宛ての郵便物が間違って届くことも考えられるし――。

「それで、これを機会にあいさつしておこうと思って、直接届けに行くことにしたの」

チャイムを鳴らして、玄関先で事情を伝えると、ドアが開いて年配の女性が顔を出した。

溝口さんが封筒を渡すと、女性は「わざわざすみません」と恐縮して、最近引越してきたばかりなのだと告げた。

「その方――満口頼子《よりこ》さんっておっしゃるんだけど、もしまた配達間違いがあったらポストに入れておきますねって話をして帰ったの」

さっきの申し込み用紙に書かれていたのが、その部屋番号と満口頼子さんの名前だったのだ。

「だったら、やっぱり知り合いだったんじゃないの」

葉月さんの指摘に、溝口さんはなぜかまだ釈然としない様子で、

「それが……違う人だったのよ」

そういって、クリームの溶け込んだコーヒーを飲んだ。

「どういうこと？」

葉月さんが聞きなおす。

溝口さんによると、さっきのおばあさんは、〈８０３〉号室で立ち話をした女性と、

まったくの別人だったというのだ。

「でも、一度しか会ってないんでしょ？　だったら、印象が変わっただけなんじゃない？　ほら、家の中にいるのと出かけるのとでは、服装とかお化粧も違うし……」

葉月さんの言葉に、溝口さんは首を横に振った。

「一度っていっても、十分以上立ち話してたのよ。それに、満口さんの身長は、わたしとほとんど変わらなかったの」

溝口さんの身長は160センチくらいで、それほど低い方ではない。

それに対して、さっきのおばあさんは明らかに小柄だった。

かかとの高い靴をはくことで、外出時に高くなることはあっても、その逆はなかなかないだろう。

それよりも、初対面の人と十分も立ち話ができる溝口さんのコミュ力の方に、わたしはおどろいていた。

「それじゃあ、さっきの人は偽名でカードを申し込んでいたの？」

葉月さんはそういってから、わたしの顔を見て続けた。

「でも、図書館でカードをつくるには、証明書がいるんですよね？」

「あ、はい。免許証とか保険証とか……市内の小学生は、名札でつくれますけど」

前に美弥子さんに聞いた話では、

「本人が確認できると図書館長が認めたもの」

があれば大丈夫らしい。

「だから、適当に本を借りるふりして、たしかめに行ったの？」

葉月さんが、テーブルに置かれた『究極サバイバル図鑑』に目をやると、溝口さんは苦笑してうなずいた。

おばあさんは、国民健康保険証で本人と住所の確認をしていたらしい。

「あの……」

わたしは小さく手をあげて、

「溝口さんがマンションで会った方が別人だった、っていうことはありませんか？」

と聞いた。

「わたしが会った方？」

「郵便を届けたときに立ち話をした人です。実はそっちが、満口さんじゃなかったとか……」

わたしの意見は予想外のものだったらしく、溝口さんは少しの間考えこんでいたけど、やがてきっぱりと首を振った。

「それはないと思う。封筒の宛名を見たときの反応は、本人のものだったわ」

「それじゃあ、姉妹っていうのは？」

葉月さんがいった。

「郵便を届けに行ったのが二週間前なら、そのあとにお姉さんか妹さんが引っ越してきた可能性もあるんじゃない？　それなら住所が同じでもおかしくないし、名前も似てるかもしれないでしょ？」

たしかに姉妹なら、同じ漢字やよく似た漢字を名前に使うことも多い。

だけど、溝口さんはこの案にも首を振った。

「申込書の名前は読みやすい字で書かれてたし、読み仮名もはっきりと読み取れたから、別の名前っていうことはないわね」

仮によく似た漢字を使っていても、姉妹で読みまで同じということはないだろう――と、そこまで考えて、わたしはあることに気がついた。

「これって、もしかして日常の謎ですか？」

わたしがいうと、二人は顔を見合わせた。

「……いわれてみれば、たしかにそうね」

溝口さんはテーブルの上に身を乗り出すと、わたしたちの顔を交互に見ながら、

「だったら、葉月ちゃんの原稿のためにも、三人でこの謎の解答編を考えてみない？」

といった。

電車のリュックサックを背負った小さな男の子が、お父さんらしき男の人と手をつないで、弾むような足取りで窓の外を通り過ぎていく。

わたしがその後ろ姿をながめながら、謎について考えていると、

「わざわざ偽名を使うってことは、何かよくないことを考えてるからよね」

溝口さんがわずかに眉を寄せながら、たしかめるようにいった。

「よくないこと……」

わたしは口の中で繰り返してから、

「借りた本を返さないとか、本を汚すとかかな」

と首をかしげた。

「たしかにそれはよくないけど、もっと悪いこともあるわよ」

溝口さんは真顔でいった。

「たとえば、偽名のカードで大量に本を借りて、そのままどこかに売ってしまうとか」

「そんな！」

わたしは思わず悲鳴をあげた。

「大丈夫よ。それはないから」

溝口さんはフフッと笑って、おばあさんが出来立てのカードで借りていったのは、三冊の文庫本だけだったと教えてくれた。

「もし偽名で借りた本を、そのままどこかに売ろうと考えてるなら、もっと高価な本を大量に借りていくはずでしょ？」

それに、よく考えてみれば、図書館から本を持ち出すよりも、誰かから保険証を盗む方

がよっぽど大変だ。

「葉月ちゃんだったら、どんな風に書く？」

溝口さんに聞かれて、両手でテーブルにほおづえをついていた葉月さんは、

「たとえば、こんな話はどうかな……」

あまり自信なさそうに口を開いた。

「実は、あのおばあさんは図書館で働く誰かの、生き別れのお母さんで、子どもの働く姿をこっそり見に来たの」

なんだか急に小説っぽい展開になってきた。

「でも、それでどうして偽名なんですか？」

「だから、お母さんは自分が来たことを、知られたくなかったのよ」

葉月さんの考えたストーリーはこうだ。

何十年も前に生き別れた子どもが、雲峰市立図書館で働いていると知ったお母さんは、ある日、その姿を一目見ようと、図書館にやって来た。

ところが、顔は覚えてなくても、自分の名前や生年月日を見たら、自分が母親であることに気づくのではないかと考えた彼女は、他人の保険証を使って登録しようとした――。

「うーん……ちょっと厳しいかな」

申し訳なさそうにコメントする溝口さんに、葉月さんも苦笑しながら、

「そうだよね」

と答えた。

「え？　どうしてですか？」

わたしは、それなら説明がつくなと思ったんだけど……。

「だって、彼女の目的は、図書館で働く子どもの姿を見ることなのよ。だったら、カードなんかつくって借りて帰るよりも、館内にいる方がじっくりと見られるじゃない」

溝口さんの解説に、わたしは、「あ、そうか」とつぶやいた。

図書館は、本を借りるには〈市内在住〉とか〈市内の学校に通学していること〉といった条件が必要だけど、利用するだけなら条件も資格もいらないのだ。

「それに、子どもの顔を見るために保険証を盗むっていうのも、無理があるしね」

葉月さんが補足するようにいって、肩をすくめた。

わたしも何かいおうとしたけど、何も思いつかなかった。

小説の中の登場人物は、名探偵はもちろん、見当違いの推理をする人だって、あんなにすらすらと喋るのに、いざ自分でやろうとすると、はりぼての家すら建てることができないのだ。

あの人たちって、実はすごかったんだなあと、それこそ見当違いの感想を抱いていると、

「そういえば、葉月ちゃんってペンネームはないの？」

溝口さんがとうとつに聞いた。

「え？」

その質問は予想していなかったらしく、葉月さんは目の前でパチンと手を叩かれたみたいに、目を丸くして答えた。

「特に考えてないけど……」

「つけないんですか？」

ちょうど午前中に、安川くんとペンネームの話をしたところだったので、わたしも気になって聞いてみた。

「そうね」

葉月さんは窓の外にチラッと目をやってから、

「いまのところは、考えてないかな。先輩たちは、つけてる人が多いみたいだけど……」

といった。

考えてみれば、小説家の多くは架空の名前で、架空の物語を生み出すわけだ。

はかなく、たよりないような気もするけど、作品になれば、それは間違いなく存在する。

そして、時には現実よりも現実らしく、わたしたちの目の前にあらわれて、心の中にいつまでもとどまり続ける。

あらためて、すごい仕事だな、と思っていると、

「それじゃあ、推理も行き詰まってきたみたいだから、次は葉月ちゃんのペンネームをみんなで考えよう！」

溝口さんがはしゃいだ声でそういって、取り出した手帳にペンネームの候補を書き始め

た。

「え、ちょっと待ってよ」

慌てる葉月さんの様子がおかしくて、わたしはクスクス笑いながら、その人に似合う服を考えるように、葉月さんに似合いそうなペンネームを考え始めた。


「偽名でカード？」

わたしの話を一通り聞き終えると、安川くんは酸《す》っぱいものでも飲みこんだように、顔をしかめた。

「それって、なんか得することあるのか？」

「分かんないんだけど、溝口さんによると、別人なのは間違いないみたいなの」

わたしが答えると、安川くんは、うーんとうなって、腕を組んだ。

月曜日の放課後。

まだ昼間のように明るい教室で、わたしは安川くんに図書館での出来事を話していた。

安川くんはいままでにも、わたしたちの身の回りで起きた不思議な出来事――〈日常の謎〉を見事に解決してくれたことがあったので、今回も真相を見抜いてくれるのではないかと期待したのだ。

安川くんは、机の端に腰掛けた姿勢のままで、しばらく考えていたけど、やがて腕を解

くと、

「まあ、最初に思いつくのは、なりすましだよな」

といった。

「なりすまし?」

「自分以外の人の名前で身分証をつくって、その人になりきるんだよ」

「でも……」

わたしは首をかしげた。

「保険証があるんだから、これ以上証明書はいらないんじゃない?」

「そうなんだよなあ……」

どうやら自分でも予想していたみたいで、わたしの反論に、安川くんはあっさりとうなずいて、それから教室の前の時計をチラッと見た。

「あ、もしかして、塾?」

「大丈夫。塾だけど、まだ時間はあるから」

安川くんは笑って軽く手をあげると、

「そういえば、葉月さんのペンネームは決まったのか?」

と聞いた。

「全然」

わたしは肩をすくめた。

「名前をつけるのって、難しいね」

　ペンネームじゃないけど、お父さんも、小説の中に出てくる登場人物の名前を決めるのが、タイトルの次に大変だといっていた。

「でも、すごいよな。ペンネームで小説を書くなんて、もうほとんど作家じゃん」

　安川くんはちょっと興奮した口調でいった。

「ほんとだよね」

　わたしはうなずいて、

「安川くんは、中学校にいったら入りたいクラブって、もう決まってる？」

　と聞いてみた。

「クラブ？　いや、あんまり考えてなかったけど……釣り部ってあるかな？」

「釣り部？　あんまりないんじゃない？　生物クラブとかだったら、あるかもしれないけど……」

「茅野は文芸部だよな？」

「でも、何かを書きたいわけじゃないから……それより、図書室が楽しみだな」

「図書室？」

「中学校の図書室って、どんな本が並んでるのかな、と思って」

「〈図書館部〉があればいいのにな」

　安川くんは呆れたように微笑んだ。

「でも、中学生になっても、雲峰市立図書館には通うだろ？　そのうえ学校でも借りたら、返却期限までに読み切れないんじゃないか？」

「ほんとだね。気をつけないと――」

「あっ！」

安川くんがとつぜん、何かに気づいたように大きな声をあげた。

「どうしたの？」

「返却期限があったのかも」

「なにが？」

「保険証」

どうやら、偽名の謎のことで、思いついたことがあるみたいだ。

「たとえば、その女の人が近所の病院の看護師さんだったとする」

安川くんは、自分の思考をリアルタイムで言葉に翻訳するような感じで喋り始めた。

「受付で、自分と年齢の近い患者さんの保険証を受け取ると、何か口実をつくって、すぐに抜け出すんだ。それから、急いで図書館に向かってカードをつくると、また職場に戻って、なにくわぬ顔で保険証を返す。そうすれば、自分の手元には他人の名前でつくった貸し出しカードだけが残るだろ？」

「でも、なんのために？」

わたしの問いに、安川くんは「さあ」と肩をすくめた。

「おれも思いつきで喋ってるだけだから、動機は分からない。でも、一応説明はつくんじゃないか？」

「それって、けっこうリスクが高いような……」

「リスク？」

「だって、その保険証の持ち主が、貸し出しカードをつくってないとは限らないでしょ？」

「あ、そうか……」

安川くんは、ぐっと言葉に詰まった。

もし持ち主が、すでにカードを持っていたり、いまは持っていなくてもいずれつくるようなことがあれば、その時点で偽名の申し込みがばれてしまう。

安川くんの推理だと、病院が図書館の近くにあることが前提なので、患者さんにとっても、図書館は生活圏内に入るだろう。

さらに、動機もよく分からない。

文庫本を三冊借りるためだけに、あずかった保険証を持ち出したりするだろうか。

安川くんは、また腕を組みなおして、真剣に考えていたけど、ハッと何かに気づいたような顔になって、わたしの顔を見た。

「何か思いついたの？」

わたしが声をかけてみると、

「その偽名で申し込んだ人って、茅野の知ってる人か？」

安川くんはなぜか、ちょっと気まずそうな表情を浮かべて聞いた。

「全然知らない人」

わたしは首を振った。

「溝口さんと葉月さんも、見覚えがなかったみたい」

「そっか……」

安川くんはあいまいな返事をして、視線を床に落とした。

「なに？　もしかして、分かったの？」

わたしが詰め寄ると、安川くんは頭をかきながら、

「この間、じいちゃんの本棚にあった昔の推理小説を読んだんだけどさ」

といった。

安川くんのおじいさんは、去年、亡くなっている。

それまであまり本を読むことのなかった安川くんが、わたしに負けないいくらいの本好きになったのは、そのおじいさんが残したある一冊の本がきっかけだったんだけど、それはまた別の話だ。

「その中に、こんな話があったんだ」

主人公は会社勤めをしている若い女性。恋人のために会社のお金を横領してしまい、さらにその恋人にも裏切られた彼女は、自殺をしようと、樹海に足を踏み入れる。

木の根元に腰をおろして、お酒と睡眠薬をのもうとした彼女は、ふと、足元に落ちている女性もののハンドバッグに気がついた。

そこには、人生に疲れたために死を選ぶという内容の遺書と、財布が入っていた。

その財布に入っていた運転免許証を見て、彼女は驚いた。

ハンドバッグの持ち主は、自分と同じ年齢の女性で、見た目もよく似ていたのだ。

彼女は自殺をやめて、バッグの持ち主として生きていくことを決める。

ところが、その持ち主もまた、ある事件に関係していて……という話らしいんだけど、

「それって……」

安川くんのいおうとしていることが分かって、わたしは絶句した。

「うん」

安川くんは目を伏せて答えた。

「持ち主がいなければ、仮にカードが登録済みでも、失くしたとかなんとかいってごまかせばいいし、あとから本人があらわれることもないだろ？　それに、本人になりすますっていう動機もあるし……」

たしかに、それならいろいろと説明がつく。問題は、溝口さんがたずねた〈８０３〉号室の女性が、すでに亡くなっていることを前提としている、ということだ。

「まあ、ただの想像だからな。あんまり真に受けるなよ」

わたしがよほど深刻そうな顔をしていたのか、安川くんがとりつくろうようにいった。

だけど、わたしの頭からは、死んだ人のバッグから抜き取った保険証で、カードの申し込みをするというイメージがなかなか離れてくれなかった。

そして、死んだ人の名前で別の人生を生きるということが、なんだかすごく恐ろしいものに思えて、暖かいはずの教室で、わたしは鳥肌が立った腕を服の上からごしごしとこすった。

テーブルには、色とりどりのマカロンと、手の平ぐらいありそうなチョコチップクッキー、そして、一口サイズの抹茶《まっちゃ》のカヌレが並んでいた。

「わー、すごい」

わたしが目を輝かせていると、

「なんだか、スイーツバイキングみたいになっちゃったわね」

溝口さんが苦笑いしながら、トレイでティーポットを運んできた。

「あ、手伝います」

わたしが立ち上がると、

「それじゃあ、葉月ちゃんといっしょに、カップを持ってきてくれるかしら」

溝口さんはそういって、キッチンの方を振り返った。

「はい！」

わたしは元気よく返事をして、食器棚の前で背伸びしている葉月さんの方へ歩いていった。

溝口さんから、お茶会へのお誘いの電話がかかってきたのは、昨日——金曜日の夜のことだった。

「もしよかったら、明日、うちに遊びにこない？」

職場で旅行のお土産《みやげ》をもらったんだけど、ひとりで食べるには多すぎるので、葉月さんも呼んで、いっしょにお茶でもどうかというのだ。

「え？　いいんですか？」

わたしは声をはずませて、

「いきます！」

と即答した。

お母さんに相談すると、

「だったら、しおりもこれを持っていったら？」

といって、クッキーを渡してくれた。

「いいの？　これって、取材用に買っておいたやつでしょ？」

「大丈夫。明日、取材の前に買いにいけばいいから」

そんなわけで、わたしはクッキーを持ってきたんだけど、最近お菓子作りにはまっているという葉月さんも、手作りのカヌレを持ってきてくれたので、結局三人でも食べきれないほどのデザートが、テーブルに並ぶことになったのだ。

ティーポットで蒸らした紅茶をカップに注ぐと、

「葉月ちゃんと、一度しおりちゃんも呼んでお茶したいねって、前からいってたの」

溝口さんは笑って、葉月さんと顔を見合わせた。

「本当ですか?」

わたしは嬉しくなって、声をあげた。

きっと、わたしが図書館に通っていなかったら、年齢も住んでいるところも違う二人と、こうして知り合うことはなかっただろう。

本と図書館がつないでくれた出会いに感謝しながら、わたしたちはティーカップで乾杯をした。

まずは各自で、好きなお菓子を選ぶ。

わたしは黄色のマカロンとカヌレをお皿にとって、

「原稿はどうですか?」

と葉月さんに聞いた。

「全然」

葉月さんは苦笑して、クッキーに手を伸ばした。

文芸部で「ミステリーに挑戦してみる」といったところ、ミステリー好きの先輩がすごく喜んでくれて、いまさら書けないとは言いにくい雰囲気なのだそうだ。

「しおりちゃん、あれから何か、思いついた？」

溝口さんに聞かれて、わたしは「これは、安川くんの推理なんですけど」と前置きをしたうえで、保険証の持ち主がもう亡くなっているのではないか、という説を話した。

溝口さんは、ちょっと驚いた様子で聞いていたけど、わたしが説明を終えると、

「心配しなくても大丈夫よ。満口さんはお元気だから」

わたしの顔を、安心させるようにのぞきこんだ。

「本人に会ったの？」

葉月さんが聞くと、

「一応、同じマンションだからね。それに、たしかめたいこともあったし……」

そういって、溝口さんは紅茶を一口飲んだ。

「たしかめたいこと？」

葉月さんが聞き返す。

「ええ。考えてみて。他人の保険証を使って問題になるのは、どうしてだと思う？」

とつぜんのクイズに、わたしと葉月さんは顔を見合わせた。

溝口さんは、わたしたちの返事を待たずに、すぐに答えを口にした。

「それは、無断で使ってるからよ」

「はあ……」

わたしはつぶやいた。

「でも、それは当たり前なんじゃないですか？　だって、誰も保険証を人に貸したりは……」

「本当にそうかしら？」

溝口さんは唇の端に意味ありげな笑みを浮かべた。

「保険証を貸すことに、何か大きなメリットがあるとすれば、貸すこともあるかもしれないわよ」

「大きなメリット……？」

考えてみたけど、保険証を貸して得することなんて、思いつかない。

「葉月ちゃん、分かる？」

うんうんとうなっているわたしをスルーして、溝口さんは葉月さんに聞いた。

「保険証を貸すメリット……」

葉月さんも戸惑った様子で宙を見つめていたけど、やがて、小さく両手をあげて「降参」といった。

「でも、何か大きな得をするっていうことよね？」

溝口さんは、ふふっと笑うと、

「そうね。たとえば、保険金なんかどうかしら」

といった。

「保険金？」

葉月さんが眉をひそめる。

「どうして人に保険証を貸したら、保険金をもらえるの？」

「なりすましよ」

溝口さんは、安川くんと同じ単語を口にした。

だけど、その先が違った。

「保険証を貸すことで、相手を自分になりすまさせるのよ」

溝口さんの推理はこうだった。

ポイントは、保険証を使っている方ではなく、持ち主の方が犯罪を計画しているということだ。

溝口さんによると、一応法律では、国民全員が健康保険に入ることになっているんだけど、たまに入っていない人がいるらしい。

保険というのは助け合いのシステムで、みんなでお金を出し合う代わりに、怪我や病気になったときには、安い値段で治療を受けることができる。

だから、保険に入っていない人が病院にかかろうとすると、多額の治療代を払わないといけないのだ。

「たとえば、虫歯になって歯医者に行きたいけど、保険に入ってなくて、治療費が払えない人がいたとするでしょ？　そんな人に保険証を貸して、

『わたしの名前で治療を受けてきていいよ』

っていったら、その人の治療した記録が、自分の名前で残るのよ」

葉月さんが、何かに気づいたように、ハッと口に手を当てた。

溝口さんは紅茶で口を湿らせて、さらに続けた。

「顔も指紋も分からないような死体が発見されたとき、最終的にはどうやって身元を特定するか知ってる？　歯に治療した痕《あと》があれば、歯医者さんをまわって、カルテと照合するの。それで、一致するカルテがあれば、治療していた人が亡くなったんだって分かる。だけど、その人が他人の保険証を使っていたら……」

そこまで聞いて、ようやく溝口さんのいおうとしていることが分かった。

年齢の近い知り合いに保険証を貸して、自分の名前で治療を受けさせる。

そして、相手を殺して歯で身元を確認させることで、自分が死んだように見せかけて、自分にかけた保険金を手に入れるのだ。

「あれ？　でも、おかしくないですか？」

矛盾点に気がついて、わたしは口をはさんだ。

「だって、自分は死んでるんだから、保険金は受け取れないんじゃ……」

「おそらく、共犯者がいるのよ」

その可能性はすでに検討済みだったのか、溝口さんがすぐに答えた。

「それから、図書館でカードをつくった理由については、二通り考えられるわね。ひとつは、保険証を借りた人が、本を借りたくなって、深く考えずにつくったケース。それからもうひとつは、保険証を貸した人が指示して、わざわざつくらせたケース。その方が、身元を誤認させるための証拠が……」

溝口さんがそこまで話したとき、玄関でチャイムが鳴った。

壁のインターホンに、一階のオートロックではなく、部屋の前の映像が表示される。

女性の二人連れのようだ。

「あら、お客さんみたいね。悪いけど、葉月ちゃんとしおりちゃん、ちょっと見て来てくれる？」

どうしてわたしたちに頼むんだろうと思いながら、わたしたちが玄関に向かうと、ドアの前に立っていたのは、背の高いおばあさんと小柄なおばあさんだった。

「あら、こんにちは」

背の高いおばあさんが、にっこり笑って口を開いた。

「〈８０３〉号室の満口といいます。溝口さんはいらっしゃるかしら？」

わたしたちが言葉を失っていると、

「こんにちは」

溝口さんがやってきて、わたしたちの前に出た。

「この間はどうもありがとうございました」

小柄なおばあさんが頭をさげて、金色のリボンがついた箱を差し出す。

「これ、お土産です」

「あらあら、そんな気をつかっていただかなくても……」

溝口さんは恐縮しながら箱を受け取った。

「いえいえ、こちらこそ……お客さんですか？」

「はい。姪《めい》の葉月と、お友だちのしおりちゃんです」

わたしたちは、溝口さんの後ろから、ぺこりと頭をさげた。

「姪の葉月です。いつも叔母がお世話になっています」

「お世話になってるのは、こっちの方よ。それじゃあ、わたしたちは失礼しますね」

二人が帰っていくと、

「どういうことですか？」

「どういうことと？」

わたしたちは異口同音に詰め寄った。

背の高い方が満口さんで、もうひとりの小柄な人は、この間図書館で見かけたおばあさんだったのだ。

想像の中とはいえ、さっきまで保険金殺人の被害者と加害者だった二人が、お菓子を手に仲良くあらわれたものだから、わたしはすっかり混乱していた。

「――結局、単純に本を借りたかっただけだったのよ」

お茶をいれなおしてテーブルに戻ると、溝口さんは笑いながら話し始めた。

小柄なおばあさんは、満口さんが引っ越してくる前に住んでいた地域のお友だちで、同居している息子の奥さんとの折り合いが悪くて、一週間ほど前に家を飛び出してきたらしい。

ひとり暮らしで退屈していた満口さんは、お友だちを歓迎して、しばらくいっしょに暮らすことにした。

元々、本が大好きだったお友だちは、図書館で本を借りようと思ったんだけど、一時的な滞在のつもりだったので、住所は変更していない。

そこで、満口さんに代わりに借りてもらおうとしたんだけど、本に興味のなかった満口さんは、カードをつくったことがなかったので、自分の保険証を貸して、満口さんの名前でカードをつくるようにすすめたのだった。

「人間って、ほとんどの場合、ミステリー小説みたいに深く考えて動いているわけじゃないのよね」

マカロンを口に放り込みながら、溝口さんは笑った。

「これぐらい別にいいんじゃないかな、ぐらいの感覚でとった行動が、たまたま不思議に見えることだってあるの」

〈らんぷ亭〉で推理合戦をした翌日、一階のロビーで満口さんとばったり会った溝口さんが、

「昨日、図書館でこんなことがあったんですけど……」

と、直接疑問をぶつけてみると、いまのような事情をあっさり打ち明けてくれたのだぞ

うだ。

溝口さんは、自分が法律事務所に勤めていることを告げて、

「他人の保険証で登録するのはよくないので、図書館に行って、事情を話しておいた方がいいですよ」

と、やわらかい言い方ですすめておいた。

それを聞いた二人は、すぐに図書館に出向いて、カードの申請書を満口さんの手で提出しなおしたのだった。

「本人に直接聞くなんて、ミステリーとしては反則なんだけどね」

溝口さんはそういって、小さく肩をすくめた。

その後、二人は近くの温泉に一泊旅行に出かけて、昨日帰ってきたらしい。

「それじゃあ、さっきの保険金殺人の話は……」

わたしの言葉に、

「この間、衛星放送でやってた、昔の二時間ドラマのストーリーを参考にしてみました」

溝口さんはそういって、ペロッと舌を出した。

「あー、びっくりした」

わたしは力が抜けて、椅子の背もたれに体をあずけた。

「どうしてそんな、まぎらわしい話をしたのよ」

口をとがらせる葉月さんに、

「だって、葉月ちゃんが小説のネタに困ってるみたいだったから」

溝口さんはカップを手にとって、悪戯っぽく笑った。

「どう？　日常の謎、っていうわけにはいかなかったけど、本格サスペンスミステリー、書いてみない？」

第四話

おすそわけ

パラパラ……パラ……パラパラ……


窓ガラスに当たった雨粒が、まっすぐに流れ落ちていく。

お昼休みにはやみかけていた雨が、放課後になって、また少し強くなってきたみたいだ。

六月も半ばを過ぎて、雲峰市も昨日から梅雨《つゆ》に入っていた。

雨の音はきらいじゃない。だけど、薄暗い教室の窓際の席で、灰色の空を見上げながら聞いていると、なんだか眠くなってくる。

わたしは両手を頭上にひっぱりあげて、うーんと背伸びをすると、鉛筆を構えなおした。

机の上では、右端にたった一行、「雨の日の読書案内」と書かれた原稿用紙が、早く続きを書けとうながすように、じっとわたしを見つめている。

新聞委員から、学校新聞の夏号で、雨の日のおすすめ本を紹介して欲しいと頼まれたのは、ちょうど一週間前のことだった。

話をもらったとき、わたしはすぐに「やる！」と答えた。

学校新聞は全校生徒に配られるので、自分の好きな本をみんなに知ってもらうチャンスだと思ったのだ。

だけど、二週間後といわれた期限の半分が過ぎても、原稿はまったく進んでいなかった。

わたしが白い原稿用紙を前にして、うんうんとうなっていると、

「なにやってるんだ？」

自分の席で、未提出だった漢字の書き取りをしていた安川くんが、いつの間にかそばに立っていた。

「安川くん、漢字は？」

「いま終わったとこ。疲れた～」

安川くんはそういって、鉛筆で黒くなった右手を、ぶらんぶらんと振ると、前の椅子に横向きに座って、机の上に目をやった。

「これって、こないだ頼まれてた学校新聞の原稿？」

「そうなんだけど、全然進まなくて……」

「おすすめの本を紹介するだけじゃないのか？」

「それが難しいのよ」

わたしは、はあ、とため息をついた。

おすすめしたい本はたくさんあるけど、「雨の日の読書案内」というタイトルにふさわしい本じゃないといけないのだ。

「はじめは『梅雨だから雨の場面が出てくる話がいいかな』って思ってたんだけど、外は雨なんだから、反対にすごく晴れてる話の方がいいのかもと思ったりして……」

どっちがいいのかな、というわたしに、

「どっちでもいいんじゃないか？」

安川くんは、あっさりと言い切った。

「だって、正解なんてないだろ？」

「それはそうなんだけど……」

それでも、何かを選ばないといけないのだ。

わたしが口をとがらせて黙っていると、

「まあ、強いて言うなら……」

安川くんは窓の外を見ながら、

「いま、茅野が読みたいと思う本がいいんじゃないかな」

といった。

「どういうこと？」

「だって、今日は雨なんだから」

安川くんは窓を指さした。

「こんな日に、茅野が読みたいと思う本が、雨の日に向いてる本ってことだろ？」

「それだと勝手すぎないかな……」

「勝手でいいんだって」

安川くんは笑っていった。

「雨の日だから雨の本がいいとか、逆に晴れてる本がいいとか、みんなが納得するような理屈をつけて選ぶんだったら、誰が選んだって同じじゃないか」

安川くんの言葉に、わたしはハッとした。

たしかに、理屈で選ぶなら、人工知能にまかせたってかまわないのだ。

それよりも、雨の音を聞きながら、わたしが読みたいと思った本ならば、わたしだけのおすすめになるはずだった。

「安川くん、ありがとう」

わたしは勢いよく立ち上がった。

「いまから図書館に行ってみる」

「美弥子さんに相談するのか？」

安川くんの言葉に、わたしは笑顔で首を振った。

「それは最後の手段」

まずは雨の音に包まれながら本の森を歩いて、本と目が合うのを待ってみよう。

ちょうど安川くんも探している本があるというので、わたしたちは校舎を出て、図書館へと向かった。

雨は休むことなく降り続いていたけど、風がなかったおかげで、それほど濡れることなく、わたしたちは図書館に到着した。

雨でお客さんがいつもよりも少ないせいか、それともその雨が音を吸い取っているのか、館内はまるで海の底のようにひっそりと静まり返っている。

検索機に向かう安川くんと別れて、わたしはひとりで海の底を歩き出した。

雨にこだわらなくてもいいとは思いながらも、やっぱりタイトルに〈雨〉が入っている本が目にとまる。

はじめに手にとったのは、『雨の日の図書館』。舞台は雨の日にだけ開館している小さな図書館で、親から店を受け継いだばかりの傘屋さんや、運動会が雨で中止になりますようにと願っている小学生など、雨にまつわる悩みを、司書の雨音《あまね》さんが解決していく連作ミステリーだ。

さらに、雨がやまない国に生まれたレインという名の男の子が、青空を見るために旅をする冒険ファンタジー『レインの旅』と、中学校の生徒会室で、会長と書記がお茶を飲みながら、ただだらだらと好きな小説や趣味の話をするだけの『二人でお茶を』を棚から取り出す。

『二人でお茶を』は、雨とはあまり関係ないけど、なんとなく雨の音を聞きながら読みたくなるような、まったり感があるのだ。

三冊の本を抱えて、安川くんの姿を探すと、貸し出しカウンターの近くにあるＹＡコーナーの前で、本をパラパラとめくっていた。

「探してた本は見つかった？」

わたしが近づくと、

「うん」

安川くんは本をパタンと閉じて、表紙をこちらに向けた。

青空をバックにした『ずっと一緒に』というタイトルの下で、制服を着た男女が、それぞれ自転車に乗って、土手の上を走っている。

そして、裏表紙では幼稚園の制服を着た男の子と女の子が、夕焼けに赤く染まる土手を、手をつないで仲良く歩いていた。

「塾で使ってる国語のテキストに載ってたんだ」

問題文では、別々の中学校に進学した幼馴染《おさななじみ》が、町中でばったり再会するシーンが使われていて、その続きが気になったらしい。

「そっちは？」

「一応何冊か選んでみたけど……」

わたしが本を見せようとしたとき、

「あれ？　浜野《はまの》？」

安川くんが、ちょうど近くを通りかかった背の高い男の子に声をかけた。

「おう、安川」

浜野くんと呼ばれたその男の子は、足を止めて、ちょっとおどろいたように目を見開いた。

小学校は違うけど、同じ天神ゼミナールに通う〈塾友〉なのだと、安川くんが教えてくれた。

「浜野が図書館なんて、珍しいな」

浜野くんは、国語の読解問題が大の苦手で、塾の先生からいつも「もっと本を読んだ方がいいぞ」といわれていたらしい。

「お前も、ついに本を読む気になったのか」

「まあな」

安川くんの言葉に、浜野くんは頭をかきながら、わたしを見た。その視線に気づいた安川くんが、

「ああ、おんなじ学校の茅野。従姉がこの図書館の司書さんで、ほとんど毎日図書館に来てるんだ」

そんなふうにわたしを紹介したので、

「ちょっと」

わたしは安川くんのシャツの袖《そで》を引っぱった。

「毎日はおおげさだよ」

「でも、二日に一回は来てるだろ?」

「まあ……」

休みの日には、一日に二回来ることもあるので、平均したらそれぐらいは来てるかもしれないな、と思っていると、

「だったら、聞いてもいいかな」

浜野くんがわたしの前に立って、

「自分の母親が借りた本のタイトルって、図書館で聞いたら教えてもらえるのか？」

といった。

「それは難しいと思う」

わたしは首を横に振った。

「誰が何を借りたのかっていう情報は、図書館の中でもトップシークレットだから、警察が来ても、ちゃんとした書類がなかったら教えられないらしいよ」

「家族でも？」

浜野くんの言葉に、わたしはうなずいて、

「お母さんに、直接聞くわけにはいかないの？」

といった。

「──それが、できないんだ」

浜野くんは痛みをこらえるような顔で首を振った。

「今年の三月に、事故で死んじゃったから」

「え……」

予想外の返答に、わたしは絶句した。

安川くんも知らなかったみたいで、

「まじかよ……」

とつぶやいている。

「ああ」

浜野くんは苦笑いのような表情を浮かべた。

「塾ではいってなかったよな」

話が長くなりそうだったので、わたしたちはロビーのソファーに移動すると、安川くんを真ん中にして並んで座った。

浜野くんのお母さんが亡くなったのは、いまからおよそ三か月前、三月半ばのことだった。

パート先のデイサービスから自転車で帰る途中、交差点で左折してきたトラックに巻き込まれてしまったらしい。

もちろん、同じ小学校の同級生は知ってるし、塾の先生にも伝えてあったけど、学校の違う塾の友だちまでは連絡していなかった。

「それで、最近塾で見なかったのか」

安川くんはかたい表情で、納得したようにつぶやいた。

安川くんによると、ちょうど春期講習のあたりから、浜野くんの姿を見かけなくなったので、どうしたのかと気になっていたらしい。

もっとも、春期講習はいつもの授業と違って、志望校別のコースに分かれるし、春休み明けのタイミングでクラスが代わったり、転塾する子も少なくないので、そのうち誰かに聞こうと思っていたのだそうだ。

「それで、どうしてお母さんが借りてた本を探してるの？」

わたしが話を戻すと、

「それが……」

浜野くんは小さく深呼吸をしてから、ゆっくりと話しはじめた。

それは、三月半ばの、ある夜のこと。

晩御飯のあと、ひとりっ子の浜野くんが、自分の部屋で塾の宿題をしていると、お母さんが顔を出して、

「ねえ、亮太《りょうた》」

と、浜野くんの名前を呼んだ。

「なに？」

算数の問題を解いていた浜野くんが、顔をあげずに返事をすると、

「これ、読んでみない？」

お母さんはそういって、一冊の本を差し出した。

浜野くんは、本の表紙をちらっと見ると、またすぐにノートに目を戻した。

「いま忙しいから、いい」

「そう？　図書館で借りてきたんだけど、面白かったよ」

お母さんは残念そうにいって、部屋の入り口に立ったまま、パラパラとページをめくった。

「どんな話？」

浜野くんは、本には興味はなかったけど、あまりそっけないのも悪いかなと思って、お母さんに質問した。

するとお母さんはちょっと考えるようなそぶりを見せてから、

「まあ、いってみれば、一種のスポ根ものかな」

といった。

「スポ根？」

「そうなの。基本的には個人戦だから、本当はみんなライバルなんだけど、最後にはそのライバルとの協力でジャイアントキリングを達成したりして、けっこう熱いのよ」

「へーえ。なんのスポーツなの？　バスケ？」

「それは読んでからのお楽しみ」

お母さんは、にっこり笑って、「リビングに置いとくから」といい残すと、本を手に立ち去った。

「——ジャイアントキリングってなに？」

話の途中で、分からない単語が出てきたので、わたしは口をはさんだ。

「スポーツなんかで、すごく格上の相手に勝つことだよ」

教えてくれたのは安川くんだ。

たとえば、いままで予選も通過したことのなかったような弱小チームが、全国大会の常連校に勝つような場合に使うらしい。

「浜野くんって、なにかスポーツやってるの？」

わたしの問いに、浜野くんは「ミニバスのチームに入ってるんだ」と答えた。

そのミニバスのコーチが、バスケットボールが強いことで知られる中高一貫校の出身で、浜野くんはそのコーチに憧れて、中学受験を目指すようになったのだそうだ。

お母さんの話を聞いて、少し興味が出た浜野くんだったけど、宿題に予想以上の時間がかかってしまい、結局その日は本を手にとることはなかった。

そして、次の日――。

学校の授業が終わって、浜野くんが帰る支度をしていると、先生が教室にとびこんできて、お母さんが事故にあったと告げた。

すぐに先生の車に乗せてもらって、病院にかけつけたけれど……。

浜野くんには、それから一週間ほどの記憶が、ほとんどないらしい。

気がつくと、自分の部屋で塾に行く準備をしていたのだそうだ。

「自分では全然覚えてないんだけど、おれ、かばんに塾のテキストとかノートを入れながら、『あれ？　母さんは？　まだ仕事？』っていってたらしいんだ」

手伝いに来ていた浜野くんの叔母さん――お父さんの妹さんが、浜野くんの様子に気づいて、すぐにお父さんに連絡した。

それから約二か月、浜野くんは塾にも学校にも行かずに、お父さんのいなかで過ごした。

こっちに戻ってきたのは五月の半ばで、学校にも復帰して、ようやく落ち着いてきた浜野くんが不意に思い出したのが、事故の前夜の、お母さんとのやりとりだったのだ。

「あとから考えたら、あれが最後の、会話らしい会話だったんだよな」

浜野くんはさびしそうに微笑んだ。

おやすみとかおはようのような、ちょっとしたやりとりは、そのあともあったとは思うけど、記憶には残っていない。

「これ、読んでみない？」というのが、最後のメッセージのように思えて、リビングを探したけど、本はすでに叔母さんが、ほかの借りていた本といっしょに図書館のポストに返してしまっていた。

「叔母さんも、本のタイトルは覚えてなかったんだ。それで、図書館の人に聞いたら分かるかなと思ったんだけど……」

浜野くんの言葉に、

「それじゃあ、本はもう返しちゃったのね」

わたしは確かめるようにいってから、ため息をついた。

「だったら、余計に無理だと思う」

「どうして？」

「図書館の本は、返却されたら、貸し出した記録が消されるようになってるから」

「まじ？」

浜野くんはおどろいた声をあげた。

図書館の本の貸出記録というものは、ただの記録ではなく、その人が何に興味を持ち、どんな考えを持っているのかという、その人の内面に深く関わるものなので、むやみに記録を残すわけにはいかないのだそうだ。

「それじゃあ、どうやって探せばいいんだ？」

頭を抱える浜野くんに、

「おれたちが、いっしょに探してやろうか？」

安川くんが声をかけた。

「え？」

浜野くんが顔をあげて、わたしたちを見る。

「でも、どうやって？」

「これだけヒントがあれば、なんとかなるだろ」

安川くんは軽い口調でいった。

「それに、茅野がいるし」

「わたし？」

「図書館にある本で、小学生が読める本は、ほとんど読んでるだろ？」

「そんなわけないでしょ」

わたしはあわてて顔の前で手を振った。

「何万冊あると思ってるのよ」

「だけど、ほかの人よりは読んでると思うぞ」

「それはそうかもしれないけど……」

本当は、美弥子さんとか本職の司書さんに頼んだ方が確実だし、見つけるのも早いと思う。

だけど、まずは浜野くんが自分で動いて探すことに意味があるように思えたので、

「そうね。よかったら、一緒に探さない？」

わたしはそういって、笑いかけた。

「いいのか？」

浜野くんはわたしたちの顔を見て、それから照れたように小さく頭をさげながら、

「ありがとう」

といった。

抱えていた本の貸し出し手続きをすませると、わたしたちはさっそく本を探し始めた。

手掛かりは、浜野くんのお母さんが残した、いくつかのキーワードだ。

「スポ根っていうことは、やっぱりスポーツものだよな」

安川くんが腕を組んで、天井を見上げる。

「だけど、スポーツものっていっても、大人向けから子ども向けまで、すごくたくさんあるよ」

わたしは本棚を見回しながらいった。

スポーツがメインじゃないけど、重要な役割を果たしている作品まで含めたら、それこそ無数にあるだろう。

「うーん……母さんがおれに、大人向けの小説をすすめることはないと思うけどな……」

と浜野くんがいうので、とりあえず児童書とYAを中心に探すことにした。

「お母さんが浜野にすすめたってことは、やっぱりバスケかな」

安川くんの言葉に、

「でも、個人戦っていってたんだよね？」

わたしは首をかしげた。

スポーツにはあまり詳しくないけど、バスケを個人戦とはいわないような気がする。

「そういえば、見た目はどんな本だったの？」

「見た目？」

「うん。本の大きさとか表紙の色って、覚えてない？」

本を探すときに、見た目というのはけっこう重要で、表紙の色や雰囲気がきっかけで探している本が見つかることも少なくないのだ。

「そうだな……」

浜野くんは記憶をたどるように目を閉じた。

「大きさは教科書とおんなじか、それよりちょっと大きいくらいだったと思う。表紙は茶色っぽくて、真ん中に人が立ってたような……」

教科書と同じかそれより大きいなら、いわゆる四六判と呼ばれる単行本か、比較的低い年齢層が対象の、大判の児童書だろう。

少なくとも、文庫本ということはなさそうだ。

そして、茶色の表紙ということは——。

「体育館かな」

安川くんの言葉に、

「わたしもそう思う」

と同意してから、浜野くんに聞いた。

「お母さんって、よく本を読む人だったの？」

「そうだな……まあ、読む方だったんじゃないかな」

浜野くんは抜き出した本をパラパラとめくっては、棚に戻すという動作を繰り返しながら答えた。

　お母さんは、浜野くんが二年生のときから、昼間の数時間だけ、図書館の近くにあるデイサービスと呼ばれる介護施設で働いていた。

　仕事帰りにちょうど図書館の前を通るので、以前から、よく料理や手芸の本を借りていたんだけど、浜野くんが受験を目指すようになってからは、国語のテキストに使われているような読み物を借りてくることも多かったそうだ。

「だったら、その本もテキストに出てきた本なんじゃないか？」

　安川くんの言葉に、

「いや、母さんだったら、それならそうってはっきりいうと思う」

　浜野くんは首を振って否定した。

「お母さんって、受験勉強には協力的だったの？」

　わたしの質問に、

「もともと、受験をはじめにすすめてくれたのは、母さんだったんだ」

　浜野くんは、バスケットのゴールが表紙に描かれた本を手にとりながら答えた。

　浜野くんが友だちに誘われてミニバスのチームに入ったのは、小学三年生のときだった。

　ミニバスにはまった浜野くんが、コーチと同じ学校に行きたいというと、お母さんはすぐに塾のパンフレットを集めてきて、その中からコーチの母校への進学率が高い天神ゼミナールをすすめてきたのだ。

「勉強は嫌じゃなかった？」

わたしの問いに、浜野くんは「はじめは、ちょっと嫌だった」と苦笑した。

「でも、やってみると、授業は意外と面白いし、勉強した分、点数があがっていくのが楽しかったんだ。それに……」

浜野くんはそこで言葉をとぎらせると、少しかすれた声で続けた。

「――いい点数をとったら、母さんが喜んでくれるのも、嬉しかったし」

入学試験が二月にあるため、塾の授業も、五年生の二月から六年生の内容に入る。

そうなると、平日はもちろん、土日にも特訓授業や実力テストがはいるので、習い事を辞めたり、休止する人も多いらしい。

浜野くんも二月から、いままで週に二回参加していたミニバスの練習を週一回にして、五月の連休明けから、完全に休む予定にしていたのだそうだ。

「とにかく、受験が終わるまでは我慢しようと思ってたんだけど……」

いまは結局、塾もミニバスも休んでいる状態だった。

塾の授業は、休んだ分をあとから動画で見られるようになっているけど、ほとんど見ていないらしい。

そんな事情を説明しながら、適当に本を抜き出した浜野くんは、その表紙を目にして、

「あっ」

と声をあげた。

「見つかったのか？」

安川くんが手元をのぞきこむ。

「そうじゃないんだけど……」

浜野くんが手に持っているのは、『チャレンジャー』というタイトルの本だった。

スポーツものっぽいタイトルだけど、どうやら異世界冒険もののようで、表紙には少し気弱そうな男の子が、剣と盾《たて》を構えている姿が描かれている。

「これ、表紙がちょっと似てるかも……」

浜野くんのつぶやきに、

「スポーツものじゃなかったのかよ」

安川くんがつっこみをいれる。

「そうなんだけどさ……」

戸惑った様子で表紙を見つめる浜野くんに、

「もしかして、剣道じゃない？」

わたしは横から口を出した。

「剣道？」

安川くんが首をひねる。

「でも、あれって完全に個人戦だろ？　ライバルと協力してジャイアントキリングとかって、あるのかよ」

「もしかしたら、強い相手に勝つために友だちと特訓したとか、そういうことかもしれないよ」

わたしは思いついたことを口にした。

とにかく、剣を手にした男の子が表紙にいたとすると、考えられるスポーツは剣道かフェンシングくらいしかない。

わたしたちは手分けして、さらにスポーツものを探していった。

ちなみに、弱いチームが強いチームに勝つという展開は、スポーツものの定番なので、ジャイアントキリングはあまり手掛かりにはならなかった。

結局、浜野くんは、背は高いけど気持ちが優しくて争いごとが苦手なほまれと、運動神経は平均以下だけど頭の回転が速いけいご、そして瞬発力とジャンプ力が人間離れしているしのぶの三人が、三対三でたたかうストリートバスケの世界で勝ち上がっていく『スットバス！』と、49連敗中の弱小ミニバスチームが、直径45センチのゴールをねらって一勝を目指す『45センチの奇跡』、そして、中学校の剣道部を舞台に、剣道の初心者が覚醒していく『はじめの一本』の三冊を借りることにして、貸し出しカウンターへと向かった。


図書館を出て、方向の違う浜野くんと別れると、わたしは安川くんと並んで歩き出した。

雨はいつのまにかやんでいて、薄い雲を通したやわらかな日差しが、ぬれたアスファルトを照らしている。

　赤信号で立ち止まると、安川くんは「知らなかった」とつぶやいた。

「あいつ、大変だったんだな」

「しょうがないよ。学校が違うんだし」

　わたしがなぐさめると、

「そうだけどさ……受験とか、どうするんだろう」

　安川くんは難しい顔で、ため息をついた。

　一応、塾はやめてないみたいだけど、状況が大きく変わったいま、受験を続けることが浜野くんにとっていいことなのかどうか、わたしには分からない。

　たぶん、安川くんにも分からないだろう。

　それでも、わたしは期待をこめて、

「また元気になって、塾に来てくれるようになるといいね」

といった。

　信号が青に変わる。

　安川くんは、一歩足を踏み出しながら、自分にいいきかせるように、

「そうだな。おれも、あいつがいないと張り合いがないしな」

　そういって、笑顔を見せた。

　浜野くんが塾を休むようになるまで、二人は塾の学年テストの成績で、いい勝負をして

いたらしい。

「ライバルなんだね」

わたしがいうと、

「まあな」

安川くんは少し照れたように笑って、

「けど、受験ってひとりだけが勝ち上がるわけじゃないし、どうせなら、いっしょに合格できるといいな」

そういうと、雨上がりの空を見上げて目を細めた。


「うーん……」

金曜日の夜。晩御飯を食べたあとのテーブルで、白い原稿用紙を前にして、わたしが頭を抱えていると、

「あらあら、締め切り前の作家さんみたいね」

お母さんが笑いながら、紅茶を持ってきてくれた。

図書館で浜野くんと会ってから数日が経ったけど、原稿は一文字も進まないまま、締め切りが三日後の月曜日に迫っていた。

紹介する本は、『雨の日の図書館』と『二人でお茶を』、それから絵本の『だいけっせ

ん！　てるてるぼうず対雨ふりぼうず』の三冊に決めた。

どれも大好きな本で、みんなに紹介したい気持ちはあるんだけど、その気持ちをどうやって表現すればいいのか分からなかったのだ。

「本の紹介って、どうすればいいのかな？」

わたしは向かいでコーヒーを飲むお母さんに聞いた。

お母さんは、自分が編集している雑誌に記事を書くのとは別に、地元のミニコミ誌である『くもみね通信』に、月一回、エッセイを連載している。そのミニコミ誌に、本の紹介コーナーがあって、お母さんがよく本を選ぶときの参考にしていた。

「そうねえ……」

お母さんは、職場でもらってきたという抹茶のクッキーを口元に運ぶと、

「一般的には、その本を書いた著者とか、本が書かれた背景を説明することが多いかな」

と答えた。

「たとえば、アメリカの生活を描いたエッセイだったら、この人はお父さんの仕事の都合で高校のときまでアメリカで暮らしていましたとか、小説だったら、この作者は去年のなんとか新人賞を受賞して、これがデビュー二作目ですとか……でも、しおりの場合は、そんなこと気にせずに、おすそわけでもするような気持ちで書けばいいんじゃないかしら」

「おすそわけ？」

「そう。おすそわけ」

お母さんは、クッキーをのせたお皿を、わたしの方に押しやった。

「目の前に、食べても減らない美味しいお菓子があったとしたら、ひとりで食べるのはもったいないでしょ？　だから、良かったらみんなも食べてみて、っていう感じで、おすすめしていくの」

「おすそわけか……」

なんとなく、それなら書けるような気がしてきた。

「ありがとう。やってみる」

わたしはクッキーを一枚つまむと、口にほうりこんだ。

デザートを食べ終えて、自分の部屋に戻ると、わたしは鉛筆を手にとって、原稿用紙を埋め始めた。

『雨の日の図書館』は、雨の日に読んでいると、まるで自分が本当に雨の図書館にいるような気分になってくる。

『二人でお茶を』を読んでいると、誰かとお茶を飲みたくなる。

そんな気持ちを正直に書いていくうちに、わたしはふと手をとめた。

お父さんは、小説で誰かの人生を書いているけど、わたしが書いているのは、この本をわたしがどう思っているかという、わたしの思いだ。

それは、誰かの人生を創作することでも、情報を伝えることでもない。

本に対するわたしの気持ちを――本へのラブレターを、みんなに公開するようなものだと思ったら、なんだか急に恥ずかしくなってきた。

それでも、なんとか原稿用紙を半分ほど埋めて、ほっと一安心していると、

「しおりー」

お母さんがドアをノックした。

「電話よ。安川くんから」

安川くんから電話なんて、珍しいな、と思いながら電話に出る。

「どうしたの？」

「いま、大丈夫？」

「うん。ちょっと、ラブレター書いてただけだから」

わたしが冗談のつもりでそういうと、

「えっ……」

安川くんが絶句したので、わたしはあわてて説明した。

「あー、びっくりした」

電話の向こうで、大きく胸をなでおろしているのが分かる。

「それで、なんの用事だったの？」

わたしがくすくす笑いながら聞くと、

「えっと……さっき、浜野から連絡があったんだけど……」

このあいだ借りて帰った本を読み切ったけど、結局それらしい本はなかったらしい。

「それで、明日、浜野のお母さんがパートで通ってたデイサービスに行って、一緒に働いてた人に話を聞くんだけど、もしよかったらおれたちも一緒に来てくれないかって……」

パート帰りに図書館に寄っていたのなら、職場で本の話題が出たり、本を見たことがあるかもしれない、というわけだ。

「なるほど、それはいいかも。でも……」

「なに？」

「ひとりでは行きにくいからって、安川くんを誘うのは分かるんだけど、どうしてわたしまで？」

「たぶん、本のプロだからじゃないかな」

安川くんの言葉に、今度はわたしが絶句した。

そんなわたしに、安川くんが笑いをふくんだ声で続けた。

「明日の朝十時に、図書館の前で待ち合わせだって。来てくれるよな？」


土曜日の朝十時。わたしたちは図書館の前で集合した。

浜野くんのお母さんが働いていたデイサービスは、ここから歩いて十分くらいのところにある。

並んで歩きながら、浜野くんは、借りて帰った本の感想を話してくれた。

どれもそれなりに面白かったけど、見た目も内容も、あのときすすめられた本とは違う気がすると、浜野くんは肩を落とした。

「まあ、絶対に違うっていう証明もできないんだけどさ……」

「やっぱり、バスケの本かなあ」

安川くんが薄曇《うすぐも》りの空を見上げながらいった。

「でも、浜野くん、いまミニバスを休んでるんだよね？」

わたしの問いに、浜野くんがうなずくのを見て、安川くんも「そっか……」とつぶやいた。

「そうなると、逆にバスケの可能性は低くなるよな」

そうなのだ。

浜野くんが、受験のためにやりたいバスケを我慢しているという状況で、バスケの小説をすすめてくるというのが、聞いている話から想像する浜野くんのお母さんの人物像に合わないのだ。

そんな話をしているうちに、わたしたちはデイサービスに到着した。

建物に近づくと、白い作業着のような服装をした女の人が、玄関の前でわたしたちを出迎えてくれた。

お母さんよりも、一回りくらい年上に見える。

佐原《さはら》さんと名乗るその女の人と、建物の中に入って、入り口近くにあるテーブルセットで向かい合うと、

「あなたが亮太くんね？」

佐原さんはそういって、浜野くんを見た。

「お母さんのこと、本当に大変だったわね」

その優しい声に、浜野くんが「はい……」と言葉を詰まらせる。

佐原さんは、そんな浜野くんを温かく見守りながら話し始めた。

佐原さんがこのデイサービスに勤めはじめたのは、いまから三年前、浜野くんのお母さんと同じ、お昼前後のパートタイムだった。

「ここの仕事は大変だけど、お母さんはいつもにこにこしていて、利用者さんからも人気があったのよ。でも、三年もいっしょに働いていたのに、浜野さん自身のことはあまり知らないの」

佐原さんはそこで言葉をとぎらせると、浜野くんに顔を近づけて、優しい声でいった。

「浜野さん、あなたの話ばっかりしてたから」

「え」

浜野くんがおどろいたように目を丸くする。

佐原さんによると、浜野くんのお母さんが、休憩や仕事の合間に話すことは、ほとんど

が浜野くんのことだったのだそうだ。

今日は少し寝坊した。先月から一センチ背がのびた。塾から帰ったら自分の水筒を洗ってくれるようになった。最近は動画で覚えた替え歌ばかり歌っている……。

「だから、あなたとは初対面のような気がしないの」

浜野くんは、なにかいおうと口を開きかけたけど、結局そのまま飲みこんだ。

目元が赤くなって、唇の端が震えている。

「あ、えっと……」

代わりに安川くんが、小さく手を挙げて話し始めた。

「浜野のお母さんって、職場で本とか読んでましたか？」

「あ、そうそう。本の話を聞きにきたのよね。たしかに、よく持ってきてたわよ。でも、ここでは休み時間が短くて、あまり読む時間がないから、たまに仕事終わりに、図書館のとなりにある喫茶店に寄って読んでたみたい」

〈らんぷ亭〉のことだろうか。

「あの……」

目を赤くした浜野くんが口を開いた。

「事故の直前に、どんな本を読んでたかって、分かりませんか？」

「そうねえ……」

佐原さんはほおに手をあてた。

佐原さんが浜野くんのお母さんと、最後にシフトが一緒になったのは、事故の前日のことだった。

「あれが直前に読んでいた本のことだったのかどうかは分からないけど……」

佐原さんは遠くに目を向けながら、記憶をたぐりよせるようにして話し出した。

休憩時間にみんなで雑談をしていて、最近読んだ本の話題になったとき、浜野くんのお母さんがとつぜん、

「そういえば、いまの子でも『かっとばせ』って通じるのね」

と言い出したのだそうだ。

「かっとばせ?」

浜野くんは首をかしげた。

「野球のことですか?」

「わたしも野球以外では聞いたことないんだけどね」

佐原さんが「いま、野球の本を読んでるの?」と聞くと、浜野くんのお母さんは「それが、野球じゃないんです」といって笑ったらしい。

「野球じゃない?」

わたしはつぶやいた。だったら、いったい何をかっとばすのだろう。

「あと、これはわたしの聞き間違いかもしれないけど……」

佐原さんは続けて口を開いた。

「そのとき、やっぱり同じ本の話題で、『深海魚は大変よね』っていってた気がするの」

「深海魚って、魚のですか？」

思わず聞き返すと、佐原さんは「ええ」とうなずいた。

いったいどうしてここで深海魚が出てくるのだろう。

わたしたちが顔を見合わせて、頭をひねっていると、

「佐原さーん」

青い制服を着た職員さんが、こちらに駆け寄ってきた。

「あら、もうこんな時間。よかったら、また遊びに来てね」

壁の時計を見ながら立ち上がる佐原さんに、わたしたちはあらためてお礼をいうと、施設をあとにした。

いま聞いたばかりの情報を整理しながら、ふたたび図書館へと向かう。

「なんだか、余計に分からなくなったな」

安川くんが頭の後ろで手を組んでいった。

「深海魚ってことは、釣りだろ？　釣りも意外とスポ根だったりするのか？」

「そうかも」

わたしはこたえた。

「図書館だと、釣りはスポーツに分類されてるから」

図書館では、たとえば７７７は人形劇、９１３は日本の小説というふうに、本の内容に

よって番号が割り振られている。

そして、釣りはたしかサッカーや相撲と同じ、スポーツに含まれていたはずだ。

それなら「一種のスポ根もの」というまわりくどいいい方も理解できる。

「もしかして、剣に見えたのは釣竿《つりざお》だったんじゃないか？」

安川くんが釣りをする動作をしながらいった。

そうなると、ジャイアントキリングは文字通り、大物狙いということになる。

釣りはたしかに個人戦だけど、大きな魚を釣るときは、協力し合うこともあるだろうし……。

一瞬、釣りが正解かな、と思ったけど、

「だったら、『かっとばせ』はどうなるんだ？」

という浜野くんの言葉に、安川くんは「あ、そうか」と天を仰いだ。

結局、答えの出ないまま、わたしたちは図書館に到着した。

次の聞き込み先は〈らんぷ亭〉だけど、一応小学生だけでは飲食店に入らないよう、学校から指導されている。

話を聞きにいくだけだし、どうしようかな、とお店の前でたたずんでいると、

「こんなところに集まって、なにしてるの？」

聞き慣れた声がして、トートバッグを肩にかけた美弥子さんがあらわれた。

浜野くんに、美弥子さんのことを紹介して、

「今日は遅番？」

と聞くと、

「今日はお休みなんだけど、気になってた本があるから、借りにきちゃった」

美弥子さんはそういって、小さく肩をすくめた。

さすがにわたしでも、図書館に勤めながら、休みの日に図書館に来ることは――ないとは言い切れないな、と思っていると、

「なあ、茅野。浜野の本のことだけど……」

安川くんが、わたしに顔を近づけて小声でいった。

「うん、そうだね」

わたしはうなずいた。

「美弥子さんに相談しよう」

ここまでがんばって情報を集めたのだから、そろそろ専門家を頼ってもいいだろう。

わたしは浜野くんに、本のことを相談してもいいかたしかめてから、美弥子さんに、

「ちょっと相談があるんだけど……」

といった。

「だったら、こんなところで立ち話してないで、お茶を飲みながら話しましょう」

美弥子さんはそういうと、お店の中に入っていった。

「いらっしゃいませ」

マスターがいつもの笑顔で迎えてくれる。

お客さんは、入り口近くのテーブル席に男女のカップルがいるだけだ。

わたしたちは窓際のテーブル席を四人で囲んだ。

いつもだったら、いっしょに〈らんぷ亭〉に来たときは、美弥子さんにおごってもらうんだけど、さすがに三人分も払ってもらうのは申し訳ないな、と思っていると、

「もしよろしかったら、お代はけっこうですので、夏に向けてつくった新作の試飲をしていただけませんか?」

お冷やを運んできたマスターが、そんな提案をしてくれた。

新作というのは、いろんな味のアイスティーに炭酸を加えたティーソーダだったので、わたしたちは好みの味で注文してから、美弥子さんにあらためて事情を詳しく説明した。

ちょうど話が終わったところで、マスターが四人分のティーソーダを持ってきてくれる。

わたしはピーチ、美弥子さんはアールグレイ、安川くんと浜野くんはブルーベリーだ。

グラスを並べ終えて、カウンターに戻ろうとするマスターに、

「あの……」

浜野くんが声をかけて、お母さんの写真を見せた。

「この人、ぼくのお母さんなんですけど、お店に来たことはありませんか?」

とつぜんの問いかけに、マスターはとまどっていたけど、

「実は……」

と美弥子さんが簡単に説明すると、

「そうでしたか……」

マスターは神妙な顔で、浜野くんに向かって頭をさげた。そして、

「この方なら、何度かお見掛けしたことがあります」

といった。

月に数回、平日の二時ごろに来店しては、カウンター席で本を読んでいたらしい。

マスターの記憶では、最後に店をおとずれたのは事故にあう直前のことだった。

いつもは無言で本を読んで帰っていくんだけど、その日は珍しく話しかけてきたので、印象に残っているのだそうだ。

浜野くんのお母さんは、いつものようにカウンター席でアプリコットティーを飲みながら本を読んでいたけど、

「あー、面白かった」

といって、読み終えたばかりの本を閉じると、

「あの……図書館の本の又貸しって、やっぱりだめですよね？」

と、マスターに聞いてきたのだ。

「又貸し、ですか？」

カウンターの内側でグラスをみがいていたマスターが聞き返すと、お母さんはうなずいて、

「この本、息子にも読んでもらいたいんですけど、わたしが借りた本だから、そのまま貸しちゃってもいいのかな、と思って……」

といった。

マスターは少し考えてから、

「一緒に住んでるなら、問題ないような気がしますけど……」

と答えた。

「そんなに面白かったんですか?」

「面白いというか……いま読んで欲しいと思ったんです」

そういって、お母さんは微笑んだ。

「『二兎《にと》を追うものは一兎《いっと》をも得ず』っていうことわざがあるでしょ? だけど、この本には、胸を張って『おれは二兎を追うんだ』っていう子が出てくるんです。その姿を息子に見て欲しくて……」

記憶に残っているやりとりを話し終えると、マスターは「ただ、本のタイトルまではちょっと……」と申し訳なさそうにいって、カウンターへと戻っていった。

その後ろ姿を見送りながら、

「美弥子さんは、どう思う?」

とわたしは聞いた。

「なにか、思い当たる本はある?」

「そうねえ……」

美弥子さんは、グラスに半分ほど残ったティーソーダを、ストローでくるくるとかき回しながら、確認するようにいった。

「いままでのヒントを並べると、こうなるのよね。その本は一種のスポ根で、基本は個人戦だけど協力することもあって、ジャイアントキリングが起きて、深海魚や『かっとばせ』が出てきて……」

そして、表紙では茶色をバックに、剣と盾を持った男の子が立っているのだ。

あらためて聞いてみると、とても一冊の本とは思えない。

なんとなくスポーツものっぽい感じはするけど、剣を持っているなら剣道だし、かっとばせは野球、深海魚にいたっては、完全に釣りの世界だ。

「みんなはどう？　何か思いついた？」

美弥子さんが笑いを含んだ目で、わたしたちの顔を見回す。

その表情を見て、わたしはピンときた。

「美弥子さん、もしかして分かったの？」

「え？」

浜野くんが身を乗り出す。

「本当ですか？」

美弥子さんはにっこり笑って、

「いま出てきたキーワードから、思い当たるジャンルがひとつあるの」

といった。

「わたしもちゃんと読んだことがあるわけじゃないから、確認しないと分からないけど……」

美弥子さんは、ちょっと待っててね、といって店を出ていくと、十五分ほどで戻ってきて、図書館で借りてきた一冊の本を、浜野くんの前に置いた。


『放課後の戦士たち』


茶色の背景は、どうやら教室の机のようだ。

そして、表紙の男の子が手にしているのは、剣と盾ではなく、鉛筆とノートだった。それらを、まるで剣と盾のように構えて、こちらをキッとにらんでいるのだ。

「これ……」

表紙を目にした浜野くんが、呆然とつぶやく。

「この本、中学受験がテーマなの」

美弥子さんの言葉に、わたしと安川くんは顔を見合わせた。

いわれてみれば、たしかに受験勉強は、本番に向けて地味な反復練習を繰り返すし、努力と根性で目標を達成するのだから、スポ根ものといえなくもない。

それに、基本はもちろん個人戦だけど、仲間と勉強を教え合ったり、はげまし合ったりして、協力することもある。

「でも、ジャイアントキリングは？」

わたしが聞くと、

「ジャイアントキリングっていう言葉は、受験でも使われることがあるのよ」

美弥子さんはそういって笑った。

もともと、強敵に予想外の勝利をおさめるという意味のこの言葉だけど、受験の世界では、生徒の成績よりもかなりレベルが上の学校に合格することをいうらしい。

「じゃあ、かっとばせは？」

わたしはさらに聞いた。

「これはたぶん、塾によって違うと思うんだけど……」

ごろ合わせがあるの、と美弥子さんはいった。

「ごろ合わせ？」

「そう。理科の生き物の分野で、完全変態とか不完全変態って、聞いたことない？」

美弥子さんは、まるで学校か塾の先生みたいに説明をはじめた。

卵から成虫になるまでの間で、さなぎになって大きく姿を変える昆虫を完全変態、さなぎにならずに、それほど姿の変わらない昆虫を不完全変態と呼ぶんだけど、〈かっとばせ〉というのは、不完全変態の代表的な昆虫である、カマキリ、トンボ、バッタ、セミの一音めをつなげた、ごろ合わせなのだそうだ。

さらに、深海魚も受験用語にあって、入学試験の結果、実力よりもレベルの高い学校に合格したものの、授業についていけず、最下位に近い成績を取り続ける生徒のことを、海の底を泳ぐ姿になぞらえて深海魚と呼ぶらしい。

「へーえ、そうなんですね」

美弥子さんの話を聞いて、安川くんが感心の声をあげたとき、

「――たぶん、これだと思います」

本の中身をぱらぱらとめくっていた浜野くんが、ぽつりといった。

「表紙にも、なんとなく見覚えがあるし……これ、読んでみてもいいですか？」

顔をあげて、赤い目を向ける浜野くんに、美弥子さんはにっこり笑ってうなずいた。


次の日の午後。

浜野くんは図書館のロビーで会うなり、わたしと安川くんに、

「やっぱり、この本で間違いなかったよ」

『放課後の戦士たち』を手に、興奮した様子で報告してくれた。

昨日、〈らんぷ亭〉を出た浜野くんは、美弥子さんといっしょに図書館に行って、あらためて自分のカードで『放課後の戦士たち』を借りていった。

そして、帰ってから一日で読み切ったらしく、今朝《けさ》になって安川くんから、浜野くんが話したがってるから図書館に来ないか、という連絡があったのだ。

浜野くんによると、『放課後の戦士たち』は、中学受験を志す三人の小学生が、かわるがわる語り手になって話が進んでいく受験・青春・スポ根もので、三人以外にもいろんなタイプの受験生が登場するんだけど、その中に、難関校を目指しながらミニバスのレギュラーも狙っている、「ユウヤ」という男の子が出てくる。

「たぶん、こいつがいるから、母さんはおれにこの本を読ませたかったんじゃないかな」

浜野くんは、本を片手にいった。

「ユウヤの通ってる塾は、月に二回ある到達度テストの結果でクラスが決められるんだけど、受験前の夏になってクラスが落ちたユウヤに、塾の友だちが『バスケなんかやめとけよ。二兎を追うものは一兎をも得ずっていうだろ？』っていう場面があるんだ」

そこでユウヤは、こう言い返す。

『両方に逃げられてもいいから、おれは二兎を追うんだ』

「それを読んだとき、思ったんだ。おれはやっぱり、受験もバスケも両方やりたかったんだって。たぶん、母さんもおれの本当の気持ちを応援するために、この本をすすめてくれたんだと思う」

「それじゃあ……」

安川くんの言葉に、浜野くんはうなずいた。

「おれ、来週から塾に戻るよ」

浜野くんは、どこかふっきれたような表情でいった。

「だけど、ミニバスの方も、できるだけ練習に参加する。もともとバスケが好きで受験を決めたのに、受験のせいでバスケができなかったら、意味ないからな」

「二兎を追うのかよ」

安川くんがからかうように言うと、浜野くんもニッと笑って言い返した。

「見てろよ。どっちもつかまえてやるからな」

笑い合う二人が、わたしには本当の戦士のように見えた。


浜野くんが帰っていくと、安川くんはリュックから、この間借りていった『ずっと一緒に』を取り出した。

「これ、面白かったぞ」

「ほんと？　わたしも読んでみようかな」

「そういえば、学校新聞の原稿は完成したのか？」

「うん」

半分ほどのところでとまっていた原稿は、昨日家に帰ってから、一気に書き上げていた。

あとは、新聞委員に提出する前に、おかしな文章がないか、お母さんにチェックしてもらうつもりだ。

「あんなに苦労してたのに、書けるときは、一気に書けるもんなんだな」

感心したようにいう安川くんに、

「浜野くんのお母さんのおかげかも」

わたしはそういって笑った。

浜野くんのお母さんは、『放課後の戦士たち』を浜野くんに読んで欲しいと思っていた。

それは、本の作者とは別の形で、誰かに本を届けるということだ。

そして、その思いは、少し時間はかかったけど、しっかりと浜野くんに届いている。

わたしは本が好きだけど、本を書くことはできない（もちろん、将来的には分からないけど……）。

だけど、好きな本の魅力を広めることなら、いまでもできるかもしれない。

それは、小説を書いたり、編集したり、印刷したり、運んだり、売ったりするのと同じ、「物語を読者に届けること」なのだ。

本を人に紹介することで、その輪に入れたことが嬉しかった。

「なににやにやしてるんだよ」

安川くんが不思議そうにわたしの顔を見ながらいった。

「わたし、にやにやしてた?」

「してた」

「そっか」

本のことを考えると、自然にほおがゆるんでしまう。

だから、わたしはやっぱり本が好きなのだ。

「安川くん、いま時間ある?」

わたしの言葉に、安川くんが壁の時計を見て、

「ああ、今日は塾もないから……」

と答えたので、わたしは児童書コーナーを指さしながらいった。

「だったら、ちょっと本を紹介してもいい? この間、安川くんに読んで欲しいな、と思う本を見つけたんだ」

第五話

物語は終わらない

「いいなあ……」

夕食後のティータイム。

読み終わった本をテーブルの上でそっと閉じると、わたしはふーっと息を吐き出した。

「どうしたの？」

向かいでコーヒーを飲みながら、『くもみね通信』の最新号を読んでいたお母さんが、顔をあげる。

「わたしもこんなカバンが欲しいなあ、と思って」

わたしは読んでいた本の表紙をお母さんに見せた。

『図書館司書の異世界無双』は、市立図書館の司書さんが主人公の、異世界転移ものだ。仕事に遅刻しそうになって、近道をしようと知らない路地に駆け込んだ司書さんが、違う世界に飛ばされてしまう。

そこは、科学の代わりに魔法が発達した世界だった。

とつぜん異世界に放り出された司書さんだったけど、出会った人たちの優しさに助けられて、なんとか小さな図書館に職を得ることができる。

司書さんは恩を返すため、現代日本の知識を使って大活躍するんだけど、その物語に出てくるのが、表紙で司書さんが斜め掛けしている、ポシェットみたいな小さなカバンだったのだ。

「これは特別な魔法がかけられたマジックアイテムで、自分が契約している図書館と、中でつながっているの」

つまり、このカバンさえ持っていれば、どこにいても図書館の本が取り出せるというわけだ。

本を読むだけなら、電子書籍でもかまわないという人もいるけど、わたしはやっぱり紙の本が好きだった。

これはもう、理屈ではない。

たとえ図書館の本がすべてひとつの電子書籍におさまったとしても、わたしは本を読むなら紙の本で読みたいのだ。

ちなみにお母さんも、紙の本の方が好きだけど、仕事の関係でどうしてもすぐに読まないといけない資料もあるので、電子書籍も活用していた。

お母さんは、にこにこしながらわたしの話を聞いていたけど、やがて、コーヒーをくいっと飲み干すと、

「そういえば、新聞読んだわよ」

といった。

「新聞？」

「学校新聞の〈雨の日の読書案内〉」

「ああ……」

『陽山だより　夏号』に無事掲載された〈雨の日の読書案内〉は、ありがたいことに好評らしく、新聞委員からは、秋号もお願いするかもしれないといわれていた（正式な依頼は、編集会議で紙面の割り振りが決まってからだそうだ）。

「それで、しおりにちょっと相談があるんだけど……」

お母さんは笑顔のまま、紅茶のお代わりはどう？　と聞くような軽い口調で、

「『くもみね通信』の、〈今月のおすすめ本〉コーナーを担当してみる気はない？」

といった。

「……え？」

テーブルの上の三色団子に手をのばしかけていたわたしは、その姿勢のままでかたまった。

「どういうこと？」

「実はね……」

お母さんによると、最近親子の読者が増えてきたこともあって、『くもみね通信』に、新しく子ども向けの本を紹介するコーナーをつくろうという話があるらしい。

お母さんも編集長から、誰かいい人がいたら紹介して欲しいといわれていたのだそうだ。

「原稿のチェックをして欲しいって見せられたときから、お母さんも、ちょっとしおりの

文章が気になってたんだけど……しおりが書いたっていうことはいわずに、新聞を編集長に見せたの。そうしたら、『これを書いた人と連絡とれませんか』って……」

「えっと……でも、どうして？」

自分でいうのもなんだけど、別に上手な文章じゃないし、なにかすごいことを書いているわけでもない。

ただ、自分が好きなものを「好きです」と書いているだけだ。

わたしが「どこがよかったの？」と聞くと、

「編集長は『紹介されている本を読んでみたいと感じたから』っておっしゃってたわよ」

と、お母さんはいった。

「実は、それってすごく難しいことなの。分かりやすい文章とか、バランスのとれた構成っていうのは、ある程度文章を書き慣れてくればできるようになるんだけど、しおりの文章には、それだけではない〈何か〉があるんですって」

「〈何か〉って？」

「うーん……『本への愛』じゃない？」

お母さんの言葉に、わたしはなんだか恥ずかしくなって、無言でお団子を口に放り込んだ。

「もちろん、お母さんも原稿は見るし、編集部のチェックも入るから、書いた原稿をそのまま載せるわけじゃないけど……一度、ためしに書いてみない？」

ちなみに、原稿料として図書カードがもらえるらしい。

図書カードとはいえ、原稿料が出るのなら、それはお父さんの小説やお母さんの編集と同じ、立派な仕事だ。そう思うと、一気に気持ちがひきしまる。

「よかったら、考えといて」

お母さんの言葉に、わたしはお団子を飲み込んで、こくんとうなずいた。

次の日は日曜日だったので、わたしは午後になると、無限には入らないリュックに返却する本を詰めて、図書館に向かった。

いままでも、面白い本を誰かにすすめたことはあったけど、それはお母さんとか安川くんとか、特定の誰かが相手で、今回の学校新聞みたいに、たくさんの人に紹介したのは初めてだ。

『くもみね通信』にわたしの文章がのれば、もっと多くの人に読まれることになる。

本の魅力を広めるのは楽しいけど、急に大きくなった話に、わたしは気持ちがついていけずにいた。

図書館に到着すると、ロビーには大きな笹《ささ》が飾られていた。

そういえば、来週は七夕だ。

笹の前に知った顔を見つけて、わたしは「怜耶ちゃん」と声をかけた。

「あ、しおりちゃん」

怜耶ちゃんがパッと笑顔になる。

四月のお茶会のあと、お母さんは怜耶ちゃんに、昔のことをすべて打ち明けたそうだ。

怜耶ちゃんは、話を聞いておどろいたけど、正直に話してくれて嬉しかったといっていた。

その後、家族みんなでお兄ちゃんのお墓参りに行ったり、赤ちゃんのころのアルバムを見せてもらったりしているらしい。

今日は、前に借りた北欧神話の本を返しに来たんだけど、笹が飾ってあったので、短冊に願い事を書いていたのだそうだ。

「ほら、これ」

怜耶ちゃんは、ちょうど目の高さに吊るされた紫の短冊に手をのばすと、くるっとこちらに向けた。

〈いつか家族みんなでオーロラを見に行けますように〉

きっと、そのみんなの中には、双子のお兄さんも入っているのだろう。

「この笹って、川に流すんかな？」

怜耶ちゃんは、笹の葉っぱをつまみながらいった。

「いまは流してないみたいだよ」

わたしは答えた。

以前は短冊を吊るしたまま、近くの笹耳川《ささみみがわ》に流していたけど、川に流すのは環境に良くないので、最近は七夕の翌日に、近くの神社でお焚《た》き上げをしてもらっているらしい。

このあと、お母さんと買いものに行くという怜耶ちゃんと、手を振って別れると、わたしはあらためて笹を見上げた。

笹の前には、赤、青、黄、白、紫の五色の短冊と、ペンが並べられた長机が置いてあって、誰でも願い事を書けるようになっている。

短冊には、本当にいろんな願い事が書かれていた。

珍しい名前のクワガタや新しいゲームが欲しいというクリスマスみたいな願いもあれば、家族の健康を願ったり、英検合格を祈る短冊もある。

そんな中、わたしはちょっと気になる短冊を見つけた。


〈『あの日見た花火を、君ともう一度』〉


短冊に書く願い事にしては、ちょっと変わった言い回しだし、二重カッコでくくられているのも不自然だ。

よく見ると、ほかにも『結婚しようよ』とか『友だち千人できるかな』のように、二重カッコのついた短冊が、何枚も吊るされている。

なんだか本のタイトルみたいだな、と思っていると、

「やあ、しおりちゃん」

本を何冊も抱えた天野さんが、よたよたと通りかかった。

「大丈夫ですか？」

「ああ、大丈夫。ありがとう」

そういいながらも、やっぱり重かったのか、長机の端っこに本を置いて、ふう、と息をつく。

よく見ると、普通の本ではなく、歴史の教科書に出てくるような、糸で綴《と》じた古い本だ。

「この本、どうしたんですか？」

天野さんは、書庫に所蔵されている江戸時代の和綴じの本だと教えてくれた。

「あまり状態がよくなくて、補修の必要があるんだけど、ぼくの手に余るから、いまから専門家のところに持っていくんだ」

「天野さんでも直せない本があるんですか？」

わたしがびっくりしていると、

「もちろん」

天野さんはなぜか嬉しそうにいった。

「ぼくなんか、まだまだだよ。一口に本といっても、いろんな種類があるからね。ただ見

た目を直すだけじゃなく、何十年も長持ちさせるためには、もっと勉強しないと……」

「へーえ」

天野さんは、いまでもじゅうぶんすごいのに、まだ勉強するなんて、ほんとに本のことが好きなんだなと思った。

「ところで、天野さん、これってなんなんですか？」

わたしは二重カッコの短冊を指さした。

「ああ、これか」

天野さんは笑って、

「図書館らしくて、いいと思わないかい？」

といった。

「それじゃあ、やっぱりこれは、本のタイトルなんですね？」

「うん。しかも、これをはじめたのは、どうやらぼくみたいなんだ」

「え？」

「先週のことなんだけど……」

まだ笹を飾り始めたところで、短冊も少なかったので、天野さんもにぎやかしのために、短冊を書こうと思った。

だけど、ただ書くだけではつまらない。

なにかいいアイデアはないかと思っていたところに、ちょうど読んだばかりの本のタイトルが頭に浮かんだのだそうだ。

「それが、これなんだけどね……」

天野さんはそういって、少し高い位置にある赤い短冊を、くるっとひっくり返した。


〈『本が元気になりますように』〉


図書館で本の補修をしていた司書さんが、本のお医者さんを開業する話らしい。

タイトルが願い事っぽいし、自分の想いと重なったから、そのまま短冊に書いたんだけど、これがきっかけで、本のタイトルで願い事を書くという流行ができたのだそうだ。

「ちなみに、しおりちゃんだったら、どんなタイトルにする？」

天野さんに聞かれて、わたしの頭に浮かんだのは、この間安川くんがすすめてくれた『ずっと一緒に』だった。

安川くんが返却したあとで、わたしも借りて読んでみたんだけど、面白かったたし、いまのわたしの気持ちに合っているような気がする。

物語の主人公は、同い年で幼馴染の男の子と女の子。

幼稚園も小学校も、ずっと一緒に過ごしてきた二人だったけど、小学五年生のときに、ある事件がきっかけで絶交してしまう。

その後、別々の中学校に入った二人は、ある日偶然再会するんだけど……。

塾のテキストで読んだといっていたから、青春とか家族がテーマなのかと思ってたけど、実際に読んでみると、意外とミステリー要素が強かった。

読み終わってから、そのことを報告すると、安川くんもやっぱり、実際に読んでみてそう思ったらしい。

最終的に事件の真相が明らかになって、二人は仲直りするんだけど、そのきっかけとなったのは、二人が過去に読んでいた一冊の本だった。

わたしはその場面を読んで、安川くんとは卒業したら学校が別々になるかもしれないけど、中学生になっても、いまみたいに本の話ができたらいいな、と思った。

「でも、天野さん、個人的な願い事は書かなくていいんですか?」

「いいんだよ」

天野さんは自分の書いた短冊を見て、微笑んだ。

「いつか本当に、本の病院を開業できたらいいなと思ってるからね」

「本の病院……素敵ですね」

わたしは、大切な本を抱えた人たちが、待合室で診察を受ける順番を待っている光景を想像して、にっこり笑った。

「天野さんなら、きっと叶《かな》えられますよ」

天野さんが、ふたたび本を抱えて図書館を出ていくと、わたしは貸し出しカウンターの前につくられた、七夕の特集コーナーに足を向けた。

七夕にちなんで、中国の故事や星の本がたくさん並ぶ中から、『天《あま》の川《がわ》のわたりかた』を手にとる。

小学校中学年からと書かれた、絵が多めの読み物で、仕事をさぼっていたせいで離れ離れになったおりひめとひこぼしが、舟をつくったり橋をかけたりして、なんとか天の川を渡ろうとするお話だ。

結局、川を渡ることには成功しなかったけど、寝る間も惜しんで努力したことや、二人が開発した舟や橋が、天に住む人々の生活に役立った功績を認められて、二人はまたいっしょに暮らすことができるようになった。

ところが、目的を達成したとたん、二人は元のなまけものに戻ってしまい……というお話を立ったまま読んでいると、階段が騒がしくなって、年配の人たちの集団が降りてきた。

その中に、中学生くらいの男の子がひとりだけ交じっている。

修太さんだ。

どうやら、俳句の会が終わったところのようだ。

修太さんは、わたしに気がつくと、小さくお辞儀をして近づいてきた。

「俳句の会に参加されてるんですね」

「まあね」

わたしの言葉に、照れたように答える修太さんの手元を見て、わたしは、あれ？　と思った。

ロビーにあるような、色紙を切ったものではない、金縁のついた立派な短冊が握られていたのだ。

「ああ、これ？」

修太さんは、わたしの視線に気づいて肩をすくめた。

「さっき、教室でもらったんだ。せっかくだから、俳句で願いを書いてみましょうって」

俳句の先生によると、七夕に短冊を吊るして願い事をするという習慣は、もともと昔の人が、習い事や芸の上達を願うことから始まったのだそうだ。

「でも、何を書こうか迷ってて……」

「俳句がうまくなりますように、っていうのはだめなんですか？」

わたしがふと思いついたことを口にすると、

「それだと、ほかの人と絶対かぶるだろ？」

修太さんは口をとがらせた。

「何十年も俳句をやってる人とおんなじテーマで書くのはちょっとなあ……」

「あ、だったら、〈受験〉はどうですか？」

「〈受験〉？」

修太さんは目を丸くした。

「わたしも最近知ったんですけど、〈受験〉って、春の季語なんです」

「へえ、そうなんだ」

修太さんも知らなかったみたいだ。

「それなら、ほかの人と重なることはなさそうだな。ありがとう」

笑顔になった修太さんの後ろから、

「こんにちは」

川端さんが、ひょっこりと顔を出した。

「あ、こんにちは」

わたしが頭をさげると、川端さんはスッと体を横にずらして、

「どうぞ」

と、後ろに呼びかけた。

小西さんが、しかめっつらであらわれる。

川端さんにうながされて、わたしの前に立った小西さんは、うなだれるように頭をさげた。

「あのときは、すまなかった」

「え、いや、あの……」

とつぜんの謝罪に、わたしが戸惑っていると、

「びっくりさせてごめんなさいね」

川端さんが申し訳なさそうにいった。

「小西さんがあなたを見かけて、どうしても一言謝りたいっておっしゃるもんだから……」

「はあ……」

あのとき、お父さんが守ってくれなかったら、わたしはたぶん殴られていただろう。

そのことは、いまでも怖かった記憶として残っているけど、小西さんが変わろうとしていることは、素直に嬉しかった。

「わたしは大丈夫です。だけど、もう二度とあんなことはしないでくださいね」

「分かった」

小西さんは頭をあげると、わたしの目をしっかりと見つめていった。

「約束する」

小西さんが修太さんと一緒に帰っていくと、

「あれでも、ずいぶん素直になられたのよ」

川端さんはそういって、くすりと笑った。

「しおりちゃんのおかげね」

わたしはなにもしてないけど、自分が関わったことでいい方向に変わったのなら、よかったな、と思った。

川端さんと別れたわたしは、『天の川のわたりかた』の貸し出し手続きをすませると、まだ願い事を書いていなかったことを思い出して、ロビーに戻った。

だけど、何を書こう。やっぱり本に関係した願い事にするのか、それとも全然別の……。

考えがまとまらなかったので、ほかの人の短冊を参考にしようと、一枚ずつ読んでいくうちに、さっきとは別の意味で気になる願い事を見つけて、わたしは眉を寄せた。


〈パパがびょうきになりますように〉


紫色の短冊に、黒いペンで書かれている。

〈パパがびょうきに〉までがすごく大きくて、〈なりますように〉がなんとか読めるくらいの小ささだ。

左下には、女の子のものらしき名前が書かれていた。

字の感じからして、幼稚園か、小学校の低学年くらいだろうか。

短冊についている紐は、自分で結ぶものと、小さい子ども用に、すでに輪っかになっているものがあって、その短冊はわたしの胸ぐらいの高さにひっかけられていた。

お父さんとけんか中なのかもしれないけど、自分の名前も書いてるし、みんなに見られるような場所にかけてあるのは、あんまりよくないんじゃないかな……と思っていると、

「あら、しおりちゃん」

通りかかった美弥子さんが、足を止めて、わたしの顔をのぞきこんだ。

「難しい顔して、どうしたの？」

「これ……」

わたしは短冊を指さした。

美弥子さんは短冊に顔を近づけて、

「あらあら」

と、困ったように微笑んだ。

「これじゃあ、神様に誤解されちゃうわね」

「誤解？」

「ええ」

美弥子さんは短冊をひょいっと外すと、

「教えてくれて、ありがとう」

そう言い残して、同じ色の短冊とサインペンを手に、児童書コーナーへと向かった。

そして、五分も経たずに戻ってくると、新しい短冊を笹に吊るした。

戸惑うわたしに、美弥子さんは事情を説明してくれた。

これを書いたのは、図書館によく来る年長さんの女の子で、美弥子さんは最近、その子から、

「いつもいそがしくて、あまり家にいないパパが、体調を崩して一週間ほど家にいた。自分はそのあいだ、いっしょうけんめい看病して、パパも喜んでくれたので、また病気に

なったら看病してあげたい」

という話を聞いていた。

短冊の名前も、その子のものだったし、さっきお母さんといっしょに絵本コーナーにいるところも見かけていたので、短冊を持って聞きにいったところ、案の定、その子が書いたものだった。

お母さんは、ロビーの雑誌を見ていて、娘さんが短冊を書いていたことに気づかなかったらしい。

女の子の願いは、

「いつも忙しいパパと、できるだけ一緒にいたい」

ということなんだけど、この短冊の文章だと、意味合いが変わってしまうので、お母さんにも了解を得て、もう一度書いてもらったのだ。

「いっしょにいられたとしても、パパが病気だったらかわいそうだよね」

と美弥子さんが話すと、女の子はこんなふうに書き直した。

〈パパともっとたくさんあそべますように〉

同じ子が、同じ想いを短冊に書いたはずのに、受ける印象はまるで違う。

言葉ってやっぱり難しい。

『くもみね通信』に自分の書いた文章を載せるなら、もっと勉強した方がいいかもしれないと思ったわたしは、

「ねえ、美弥子さん。本の紹介の仕方について書かれた本っててないかな？」

と聞いた。

「本の紹介の仕方？」

「うん」

わたしが『くもみね通信』の話をすると、

「すごいじゃない」

美弥子さんは目を見開いて、

「そうねえ」

と、手を口元にあてた。

「だったら、文庫本の解説なんかはどうかしら？」

「解説？」

「ええ。児童書ではあまり見ないけど、大人向けの文庫本だと、巻末に解説が載ってることが多いのよ」

それならわたしも見たことがある。前に大正書店で買った『あなたが骨になるまで』というミステリーにもついていた。

美弥子さんによると、解説にもいろいろあって、作品の読みどころを独自の視点から考

察したものや、作者の経歴をていねいに説明したもの、個人的に付き合いのある人が作者との交流について語ったもの、作者へのラブレターのようなもの……中には、台詞だけで構成された漫才形式の解説まであるらしい。

わたしが紹介するのは子ども向けの本だから、直接は関係ないけど、たしかに参考になるかもしれない。

「大人向けの文庫本かあ……」

読んだことがないわけじゃないけど、あまり読み慣れていないので、ここは素直に専門家を頼ることにした。

「どんな本がいいと思う？」

「そうねえ……」

美弥子さんは、わたしの頭越しに目をやると、

「あれなんかどうかしら」

そういって、掲示板を指さした。

〈おはなしの会〉とか〈今月の予定〉なんかが貼ってあるボードの中央に、本が開いたイラストのポスターがある。

どうやら、オレンジホール——県立科学文化会館の通称で、その名の通り、オレンジ色をした大きな建物の中に、プラネタリウムやイベントホール、会議室やカフェが入っている複合施設だ——で上演される、お芝居のポスターのようだ。

タイトルは『本を閉じたら』。

「あれって、お芝居じゃないの？」

「それが、実は同名の小説が原作になってるのよ」

美弥子さんに手招きされて、文庫本のコーナーに足を向けると、一冊の本を手渡された。

『本を閉じたら』

表紙には、パソコンを開いた机の前で、窓の外の夜景を見つめる眼鏡をかけた女性の姿が描かれている。

「わたしも読んだけど、解説がちょっと面白かったの。こういう解説の形もあるっていう意味で、読んでみて損はないかもね」

そこまでいわれると、読んでみたくなる。

わたしは美弥子さんにお礼をいって、本を手に、もう一度貸し出しカウンターへと向かった。


家に帰ると、わたしはさっそく『本を閉じたら』を読み始めた。

主人公はデビュー三年目の小説家。

会社勤めをしていた彼女は、ハッピーエンドの小説を読むのが趣味だったんだけど、ある日、好きだった小説がバッドエンドで終わったことにショックを受けて、自分でも小説を書き始める。

その後、デビューを果たした主人公は、ハッピーエンドになる作品ばかりを発表していたんだけど、あるとき、自分の小説に出てきたのとそっくりな女性と出会った。

その女性は、年齢や職業はもちろん、外見や喋り方、これまでの経歴まで、小説の中で自分がイメージしていた登場人物と、完全に一致していた。

まるで、ラストシーンからそのまま抜け出してきたような女性だったのだ。

ところが、小説の中ではハッピーエンドで終わったはずの彼女の人生は、いまはあまり幸福とは言い難く……。

「しおりー、ごはんよー」

夢中になって本を読んでいたわたしは、お母さんに呼ばれるまで、時間の経過に気づかなかった。

ご飯を食べながら、美弥子さんに『本を閉じたら』をすすめられたことを話すと、

「あら。その本だったら、持ってるわよ」

お母さんはそういって、同じ本を持ってきた。

最近、お母さんの関係している雑誌で、作者にインタビューをしたらしい。

なんでも、作者が過去に、雲峰市に住んでいたことがあって、オレンジホールでお芝居が上演されるのも、その縁なのだそうだ。

「それで、実は職場でお芝居のチケットをもらったんだけど……」

お母さんは仕事用のバッグから、白い封筒を取り出すと、

「三枚あるの」

といった。

「三枚？」

「ええ」

お母さんは、珍しく緊張した顔で、わたしをじっと見つめながらいった。

「だから、もし、しおりさえよかったら……三人で行かない？」

「え……」

わたしは、一瞬息がとまりそうなくらいおどろいた。

深呼吸をしてから、あらためて聞き直す。

「それって、お母さんとわたしと……お父さんっていうこと？」

わたしから目をそらさずに、お母さんはゆっくりとうなずいた。

わたしはその目を見つめ返して、はっきりと答えた。

「うん、行きたい！」


晩御飯の後、わたしは自分の部屋で、『本を閉じたら』の続きを読んだ。

最後まで読み終えて、解説を開いた瞬間、美弥子さんが「ちょっと面白い」といってい

た意味が分かった。

解説を書いていたのは、なんと作品の主人公でもある小説家だったのだ。

解説は、「小説はハッピーエンドで終わらせることができるけど、人生は都合のいいところでエンドマークがつくとは限らない」という文章ではじまっていた。

どれだけ都合が悪くても、失敗しても、みっともなくても、現実は続いていく。

そんな残酷《ざんこく》な現実を生きているからこそ、わたしたちは小説を読みたくなるのかもしれない——解説のはずなのに、なんだかひとつの作品を読んでいるみたいだった。

わたしも、こんな風に心に残るような紹介ができるかな——。

大きな不安と、それと同じくらいの、わくわくする気持ちを感じながら、わたしは本を閉じて、眠りについた。


七夕当日。

学校が終わって、いったん家に帰ってから図書館に行くと、笹は短冊でいっぱいになっていた。

よほど叶えたい願い事があるのだろうか、赤ちゃんを抱っこ紐で抱いた若い女の人が、真剣な顔で短冊に向かっている。

女の人は、黄色い短冊に何か書いて、しばらくそれをじっと見つめていたけど、書き損じたのか、くしゃくしゃに丸めて足元のゴミ箱に捨てた。

そして、今度は赤い短冊に書いて笹に結びつけると、赤ちゃんをあやしながら階段の方へと歩いて行った。

入れ替わるように、笹の前に立ったわたしは、その赤い短冊を見て、首をかしげた。

ちょっと変わった願い事だな、と思っていると、

「しおり」

よく知っている声が聞こえてきた。

振り返ると、お父さんが立っていた。

「あれ？　どうしたの？」

「ちょっと、館長さんに呼ばれてね」

雲峰市立図書館では、毎年秋になると図書館祭りを開催するんだけど、去年、お父さんは三階の自習室で講演会を開いた。

それが好評だったので、今年も何かできることはないかと、館長さんと相談しているらしい。

「また講演会をしてくれるの？」

わたしは、はしゃいだ声をあげた。

去年の講演会がきっかけで、お父さんと再会できたので、わたしにとっては思い出の企画なのだ。

「去年と同じことをしても面白くないしなあ……」

　お父さんは腕を組んだ。

　たとえば、地元の作家さんと対談したり、小説の書き方を学ぶためのワークショップを開いたり、なにか違うことができないか検討中なのだと、お父さんはいった。

「しおりは、短冊を書いてたの？」

　お父さんが笹を見上げる。

「そうなんだけど、さっきね……」

　わたしは、女の人が書いた短冊を指さした。


〈ちゃんと遠くにいきたい〉


　真ん中に一行、それだけが書かれていて、名前はない。

「変わった願い事だね」

　お父さんの言葉に、わたしは「そうでしょ」といった。

「〈もっと遠くに〉とか〈すごく遠くに〉だったら、まだ分かるんだけど……」

「どんな人が書いたのかな」

「赤ちゃんを抱っこした、若いお母さんだったよ」

　わたしが答えると、お父さんは納得した様子で、

「それじゃあ、どこでもいいから遠出をしたいのかもね」

といった。

小さい赤ちゃんがいると、なかなか思うように外出できないらしい。だから、近所のスーパーとか図書館ではなく、ちゃんとした遠出がしたいという意味なのかもしれない、とお父さんは解説してくれた。

「そういえば……」

さっき、書き損じの短冊を捨てていたけど、それにも同じことを書いていたのだろうか。

ゴミ箱の一番上にある、黄色い短冊を取り出すと、わたしはしわを伸ばした。


〈泉にいきたい〉


「温泉のことかな？」

わたしは短冊をお父さんに見せた。

子育てで疲れているから、ゆっくりと温泉に浸かりたい、という意味だろうかと思っていると、

「……これを書いた人は、まだ図書館にいるのかな？」

お父さんは短冊を見ながら、真剣な表情でいった。

「さっき階段の方に行くのを見たから、まだ二階にいるんじゃないかな」

「ぼくだと、どの人か分からないから、しおり、一緒に来てくれるか？」

お父さんはそういうと、階段に向かって歩き出した。

わたしもあわててついていく。

二階にあがると、さっきの女の人が、窓際の椅子に座って空をながめていた。

赤ちゃんは眠っているみたいだ。

「あの人だよ」

わたしがそっと指さすと、お父さんはホッとした様子を見せた。

そして、いつのまに持ってきていたのか、さっきの赤と黄色の短冊を手にして、

「少し話をしてくるから、下で待っててくれないか」

といった。


ロビーに戻ると、安川くんが腰に手を当てて、笹を見上げていた。

「安川くん」

わたしが声をかけると、

「おう、茅野」

安川くんは、一瞬だけこちらに顔を向けて、またすぐに笹に目をやった。

「今日は、塾じゃなかったの？」

「明日には神社で笹のお焚き上げをするっていうから、今日中に短冊を書こうと思って、塾の前に寄ったんだけど……」

安川くんは、一枚の短冊を指さして、

「これ、面白いな」

といった。


〈『本が元気になりますように』〉


天野さんの書いた短冊だ。

わたしは、天野さんが書いたことと、これがきっかけで、願い事っぽい本のタイトルで短冊を書くのが流行っていると教えてあげた。

「茅野は？　もう書いたのか？」

「まだ迷ってるんだけど……安川くん、お父さんが去年の講演会で暗唱した、デビュー作の一節って、覚えてる？」

「えっと……言葉は剣にも盾にもなる、ってやつ？」

「そう」

わたしはまわりを気にしながら、小さな声で暗唱した。

『言葉はわたしたちの、剣であり、盾であり、食事であり、恋人である。
言葉は時に、剣を防ぎ、盾を壊し、食事を隠し、恋人を奪う。
あなたが言葉の海に漕ぎ出す時には、言葉は船にもなるだろう。
そして、いつかあなたが新しい世界に旅立つなら、言葉は羽《はね》にもなるだろう。
言葉の川を言葉の橋で渡り、
言葉でつくられた扉を、言葉の鍵《かぎ》で開けるだろう。』

「すごいな。全部覚えてるのかよ」

安川くんの言葉に、わたしは、へへっと笑って、

「これって、〈言葉〉を〈本〉にしても、いいんじゃないかって思ったの」

といった。


『本はわたしたちの、剣であり、盾であり、食事であり、恋人である。

本は時に、剣を防ぎ、盾を壊し、食事を隠し、恋人を奪う。

あなたが本の海に漕ぎ出す時には、本は船にもなるだろう。

あなたが本の空に飛び出す時には、本は羽にもなるだろう。

そして、いつかあなたが新しい世界に旅立つなら、

本の川を本の橋で渡り、
本でつくられた扉を、本の鍵で開けるだろう。』

本の表紙を開けば、そこには新しい世界が広がっている。

そして、本を読むことで、現実の世界にも、新しい世界が広がることがある。

だから、わたしはやっぱり、本が好きだ。

わたしは紫色の短冊を手にとると、願い事を書いた。


〈みんながもっと、本を好きになってくれますように〉


そして、この願いを叶えるために、本の魅力をどんどんひろめていこうと心に決めた。

「安川くんは?」

わたしは自分の短冊を笹に吊るすと、安川くんを振り返った。

「やっぱり、受験合格?」

「そうだな……」

安川くんは、紫色の短冊を前にしてペンを構えると、

「受験って、結局自分のがんばりしだいだから、願い事はもっと、誰かの協力がないと叶わないやつにしようかな」

といった。

「協力？　この間の、ジャイアントキリングみたいな？」

「いや、そういうのじゃなくて……」

安川くんは、なぜか少し顔を赤くしながら、さらさらとペンをはしらせて、書き上がった短冊をこちらに向けた。

右上がりの繊細な文字が、短冊の中央でわたしをじっと見つめている。


〈『ずっと一緒に』〉

二重カッコに包まれたその言葉に、わたしは顔と胸が熱くなった。


塾の時間だからといって、安川くんが立ち去るのと入れ替わるように、お父さんが二階から降りてきた。

後ろには、あの女の人の姿も見える。

女の人は、短冊を書いていたときの暗い表情ではなく、すっきりとした柔らかな顔をしていた。

女の人は、階段の下でお父さんにぺこりと頭をさげると、そのまま図書館を出ていった。

お父さんは、それを見送ってから、わたしのところにやってきた。

「ごめん、待たせたね」

「大丈夫」

「ちょっと、座ろうか」

ロビーのソファーに並んで座ると、お父さんは説明をはじめた。

さっきの短冊は、あの女の人が辛い思いを吐き出したくて書いたものだったらしい。

初めての育児の疲れに加えて、同居している義父母との関係などで、悩んでいたのだそうだ。

「赤ちゃんのお父さんは、相談にのってくれないの？」

「仕事が忙しくて、なかなか話をする時間がとれないんだってさ」

お父さんはそういって眉を寄せた。

一方、同居している義父母は、赤ちゃんの夜泣きや食事の好き嫌いを、すべて女の人のせいにしてくる。

そんなことが重なって、女の人は思いつめてしまったのだと、お父さんは顔をしかめた。

「だから、温泉に行きたかったの？」

わたしは聞いた。

二枚の短冊に書かれていたのは〈ちゃんと遠くにいきたい〉と〈泉にいきたい〉。

だから、わたしは疲れをいやすために温泉旅行に行きたいのかな、と思ったんだけど、

「それが、もうちょっと深刻な状態だったんだ」

と、お父さんはいった。

「どういうこと？」

「気になったのは、短冊の色だ」

「色？」

お父さんはうなずいて、

「短冊に書かれた願い事に短冊の色を加えると、別の文章が浮かび上がることに気がついたんだよ」

そういうと、二枚の短冊をわたしに見せた。

赤の短冊には、〈ちゃんと遠くにいきたい〉。

黄色の短冊には、〈泉にいきたい〉。

それぞれの文章に〈色〉を加えると——。


〈赤ちゃんと遠くにいきたい〉

〈黄泉《よみ》にいきたい〉


わたしは、はっと息をのんだ。

黄泉というのは、あの世——つまり、死後の世界のことだ。

赤い短冊だけだったら、まだ旅行かもしれないと思うけど、黄色の短冊は決定的だった。もし、この通りの文章が書かれていたら、わたしはすぐに図書館の職員さんに伝えていただろう。

あの女の人も、本当はこんなふうに書きたかったけど、それだと目にした人がびっくりするし、知り合いに見られたら、大事《おおごと》になるかもしれない。

だけど、何もいわずにいることも出来なかったので、ちょっとした謎解きみたいにして、自分の気持ちを冗談に紛らわしてしまおうとしたんじゃないかな、とお父さんは苦い顔でいった。

「たぶん、本当に赤ちゃんとどこかに行ったり、死んでしまうことまでは考えていなかったと思うけど、冗談めかしてきわどい願い事を書くぐらいには、疲れていたんだろうね」

お父さんは女の人に、家族相手でも、思っていることはちゃんといわなければ、何も伝わりませんよ、と告げた。

「まあ、それができれば苦労しないんだけどね」

お父さんは苦笑して、それからきゅっと口元をひきしめた。

「短冊を書いたことや、ぼくに話したことで、少しは気が晴れたみたいだから、おかしなことは考えないと思うけど……」

念のため、育児や家庭のことで悩んでいるときに、秘密厳守かつ無料で相談に乗ってくれる市役所の窓口を伝えておいたのだそうだ。

図書館ですれ違っただけのわたしたちにできることは限られているけど、赤ちゃんもいるし、元気になってくれるといいな、と思っていると、

「それにしても、よく気づいたね」

お父さんはわたしを見て、目を細めた。

「え、でも、わたしはなんにも分からなかったよ……」

わたしは、ちょっと変わった短冊だな、と思っただけで、そんな深い悩みが隠れているなんて、まったく気づかなかったのだ。

わたしがそういうと、

「それでも、そういうところに気づくのは、言葉に敏感なんだと思うよ」

お父さんは嬉しそうにいった。

だとしたら、わたしも嬉しい。

わたしが短冊に書いた願い事を叶えるためには、言葉の力や役割に、すごく敏感じゃないといけないからだ。

少し照れくさくなって立ち上がると、すぐ目の前に、お芝居のポスターが貼ってあった。

わたしがお父さんに、

「お芝居、楽しみだね」

というと、お父さんはちょっとびっくりしたように目を丸くして、それからすぐに笑顔になった。

「あー、暑かった」

七月半ばの日曜日。

『本を閉じたら』を観て、マンションに帰ったわたしは、すぐにエアコンをつけた。

「ほんとに暑かったわね」

お母さんは苦笑しながら、途中で買ってきたケーキの箱を、リビングのテーブルに置いた。

「とりあえず、お茶にしましょうか」

「うん」

お茶の準備を手伝いながら、わたしは今日のことを思い返した。

オレンジホールのロビーで待ち合わせたわたしたちは、軽くあいさつを交わして、客席に入ると、わたしを真ん中にして座った。

少なくとも、わたしが覚えている限りでは初めての経験だったので、なんだか現実じゃないみたいな、ふわふわとした気分だった。

だけど、幕があがると、いつのまにかわたしは、二人にはさまれていることを忘れていた。

主人公の女の人はかわいかったし、謎の女性はかっこよかったし、小説とは違うどんなでん返しもあって、気がつくと、わたしはお芝居に夢中になっていたのだ。

お芝居が終わって、手が痛くなるくらい拍手をすると、わたしたちはロビーに戻った。

このあと打ち合わせがあるというお父さんとは、ここでお別れだ。

となりにはお母さんがいて、目の前にはお父さんがいる。

多くの人にとっては当たり前かもしれないけど、わたしにとっては特別なこの状況で、どんな言葉を口にすればいいのか分からなくて、わたしが黙っていると、お父さんがちょっと照れたような顔で、

「それじゃあ、また」

といった。

「そうね。また」

お母さんが微笑んでうなずく。

二人の視線が、わたしに集まる。

わたしは嬉しいような恥ずかしいような、不思議な気持ちで、元気よくいった。

「うん。またね、お父さん」

お父さんはそのまま、ホール内のカフェへ。わたしとお母さんは、オレンジホールをあとにすると、電車に乗って、駅前でケーキを買ってマンションに戻ってきたのだ。

わたしたちは別れ際、「また」といった。

「また」ということは、「次」があるということだ。

人生は、小説やお芝居と違って、きりのいいところで終わるわけじゃない。

ハッピーエンドもバッドエンドも飲み込んで、物語は続いていくのだ。

ケーキをぺろりと食べ終えると、わたしは自分の部屋で、机に向かった。

目の前には、真っ白な原稿用紙。

そして、そのとなりには、今度『くもみね通信』で紹介するつもりの、一冊の本。

お母さんに、おすすめ本をやってみたいというと、編集長に見せるから、一度ためしに書いてみて欲しいといわれた。

これは、たくさんの人に本をすすめるための、大きな一歩だ。

わたしは鉛筆を手にとると、最初に紹介する、わたしの大好きな本のタイトルを書き始めた。


『晴れた日は――』

番外編

あの日の図書館

大伯父《おおおじ》の七回忌《ななかいき》の法要が終わると、圭介《けいすけ》は誰とも目を合わせないように顔を伏せたまま、逃げるように境内をあとにした。

寺の門を出たところで、ダークグレーのスーツの上から黒のダウンジャケットを羽織って、駅とは反対方向に歩き出す。

はじめの角を右へ曲がって、次の角を左へ、そのまた次の角を右へ……。

何かに追われるように、住宅街の中をジグザグに歩き続けた圭介は、大通りに出たところで、ようやく歩調をゆるめた。

二月の空は澄んだ水色をしていて、薄く雲をかぶった太陽が、頭上から見下ろしている。まだ陽は高い。

法事に集まった親戚は、これから地元の料理屋に場所を移しての食事会だろう。

本来出席するはずだった圭介の父は、遠方に住んでいる上に、どうしても抜けられない仕事があるらしく、日帰りできる距離の圭介に名代を頼んできた。

父方の親戚が苦手な圭介は、できれば行きたくなかったが、大伯父には子どものころ世話になっているし、この機会に立ち寄りたい場所もあったので、法要だけならという約束で引き受けることにしたのだ。

寺に着いてからも、目立たないように隅の方で静かにしていた圭介だったが、大伯父の息子——父のいとこに見つかってしまい、結局親戚たちから、「いつになったら、ちゃんとした就職をするのか」と質問攻めにあうはめになった。

父方の親戚には、男子は大学を卒業して、新卒で名の知れた会社に入るのが当たり前、という〈常識〉がある。

だから、大学を卒業して六年も経つのに〈ちゃんとした〉就職をしていない圭介のような存在は、理解できないらしい。

圭介は三年前から、県立中央図書館で働いていた。

ただし、一年契約の非常勤職員で、一日六時間から八時間の週四日勤務。週の労働時間が三十時間程度になるよう調整されている。

図書館で働くことは、圭介の昔からの夢だった。

仕事自体はやりがいもあるし、上司や同僚にも恵まれて充実しているのだが、それでもやはり、なれるものなら正規の職員になりたかった。しかし、そもそも常勤はめったに募集がなく、あっても倍率が数十倍を超えることも珍しくない。

非常勤の職があるだけでも、ありがたいくらいなのだ。

その仕事も、もうすぐまる三年になる。

選考の公平性を保つため、県の非常勤職員は、三年でいったん更新を打ち切られることになっている。

もちろん、希望すれば同じ仕事に再度応募することはできるのだが、それで採用されるかどうかは分からない。

（それに、図書館の職員になっても、あの人たちは納得しないだろうな……）

大通りに沿って歩きながら、圭介はため息をついた。

圭介にはまったく理解できないのだが、彼らにとって、図書館の職員というのは女性のする仕事なのだそうだ。

いまの職場の前に、別の図書館でも非常勤で働いていたので、圭介ももう二十八歳になる。

図書館の正規職員になれる見込みがないのなら、そろそろ別の仕事に就くことを考えた方がいいのかもしれないな……。

冬の空気に体が冷えていくにつれて、気持ちがどんどん弱っていく圭介の目の前に、目的の建物が近づいてきた。

〈播磨《はりま》町《ちょう》市民センター〉

くすんだクリーム色をした二階建ての外観は、いかにもお役所という雰囲気だ。

その何の変哲もないたたずまいが、圭介の記憶を刺激する。

（変わってないな……）

ポーチをくぐって建物に入ると、左手に〈播磨町サービスセンター〉の窓口があった。市役所の支所みたいなもので、住民票の申請など、ちょっとした手続きができるようになっている。

そして、一階の右半分を占めているのが、圭介の来たかった市立播磨図書館だった。市立図書館の分館のひとつで、学校の教室を二つ合わせた程度の広さしかないのだが、ほかの図書館から本を取り寄せることもできるので、近所の人にとっては便利な存在だ。

いまから二十年前。

圭介はこの町でひと夏を過ごしたことがあった。

当時、妊娠していた母が、体調を崩して病院に運ばれ、そのまま予定日まで入院することになったのだ。

父は仕事と母のことで手一杯だし、祖父母も父方はすでに亡くなり、母方は遠方に住んでいて持病もあるため、孫の世話を頼める状態ではない。

そこで、当時小学三年生だった圭介が、夏休みの間、大伯父の家にあずけられることになった。

この図書館は、そのときの思い出の場所なのだ。

図書館に足を踏み入れると、圭介は入ってすぐのところにある貸し出しカウンターをのぞいた。

カウンターには、誰もいなかった。

それどころか、日曜の昼間だというのに、利用者の姿も見当たらない。

あまり利用されていないのかな、と思いながら、腰をかがめて児童書の本棚をながめていた圭介は、一冊の本に目をとめた。


『かえりたくありません』


本の隙間に指を入れ、全体を包むようにつかんで引っ張り出す。

表紙では、気の強そうなおかっぱ頭の女の子が、わずかに涙を浮かべながら、腕を組んでこちらをにらみつけていた。

その本のにおいと手触りに、懐かしい気持ちが一気にあふれ出す。

圭介は部屋の奥にある小さな丸椅子に腰をおろすと、膝の上で本を開いた。

男の子が青い自転車に乗っているイラストのページに、透明のテープで破れを補修した跡がある。

破れ目はぴったりと合わさって、テープも薄いので、違和感はほとんどない。

圭介はテープの上をそっと指でなぞった。

あのときも、圭介はこの椅子で、同じ本を開いていたのだ——。

二十年前。

大伯父の家にあずけられた圭介だったが、またいとこにあたる大伯父の孫はもう高校生で、毎日部活に出かけているし、近所に年の近い子どももいない。退屈していた圭介を、大伯《おおお》母《ば》がある日、図書館に連れて行ってくれた。

いままで学校の図書室しか知らなかった圭介は、物珍しくて、本棚の通路を歩き回ると、目についた本を読もうとした。

ところが、本がぎゅうぎゅうに詰まっているせいで、思うように取り出せない。

圭介が本の背の上に手をかけて、ぐいぐいと力をこめていると、

「おい、ぼうや」

と声をかけられた。

振り返ると、大きな体をした短髪の男の人が、怖そうな顔で圭介を見下ろしている。

圭介が声もなくかたまっていると、

「そこを無理に引っ張ると、本が傷むんだ」

男の人はとなりにしゃがみこんで、本の背の上の方を指で押した。

すると、本の下の方がひょこっと飛び出したので、男の人はその部分を大きな手で、包むようにつかんで、本をスッと引き出した。

「ほらよ」

「あ……ありがとうございます」

圭介がとまどいながらも本を受け取ってお礼をいうと、

「お、いい返事だ」

男の人は、くしゃっと顔をほころばせて、圭介の頭に手をのせた。

そして、カウンターの方に戻りながら、

「吉川《よしかわ》さん、あんなに本を詰めこんじゃだめだよ」

青いエプロンの女の人に向かって、大きな声でいった。

「そうでもしないと、入らないんですよ」

吉川さんと呼ばれた女の人は、カウンターの内側で新聞をホルダーに綴じながら言い返した。

「やっぱり、本を減らしましょう。中央に何冊か戻して……」

「でもなあ、これでもずいぶん減らしたつもりなんだが……」

そんな二人のやりとりを聞きながら、圭介は奥の丸椅子に座って、表紙に『かえりたくありません』と書かれたその本を、パラパラとめくった。

全体的に、イラストと文章が半分ずつくらいで、文字の多い絵本のような感じだ。

物語の舞台は、森の入り口に置かれた木のベンチ。

表紙の女の子がひとりで座っていると、一匹のリスが森からやってきて、ぷんぷんと怒りながらとなりに座った。

「どうしたの？」

女の子がたずねると、

「お母さんが、わたしを嘘つきだっていうの」

リスは丸いほおを大きくふくらませて答えた。

「嘘つき？」

「冬を越すために、木のうろに蓄えておいた木の実を、わたしが勝手に食べたって……わたし、そんなことしてないのに」

リスは目に涙を浮かべながらいった。

「わたし、家に帰りたくない」

しかし、しばらくすると、リスのお母さんがやってきて、

「木の実は、お腹の空いた渡り鳥が食べていったの。疑ってごめんなさいね」

と謝ったので、二匹は仲良く森へと帰っていった。

こんな調子で、次々と動物があらわれるのかな、と予想しながらページをめくった圭介の目に次に飛び込んできたのは、子ども用の青い自転車だった。

ある男の子のお気に入りだったのだが、最近、大きくなった男の子が新しい自転車を選んでいるところを見てしまったのだ。

「ぼく、捨てられちゃうのかな……」

自転車は悲しげに、チリン、とベルを鳴らした。

「もう帰りたくないな……」

自転車がしょんぼりしていると、

「こんなところにいたのか」

男の子が息を切らして迎えにきた。

「ほら、帰ろう。みゆきが待ってるよ」

みゆきというのは、男の子の妹のようだ。

「みゆきちゃんが？」

自転車がおどろいて聞き返すと、

「うん。みゆきはずっと前から、君に乗ってみたかったんだって。みゆきのために、帰ってきてくれないか」

男の子はそういって笑った。

すっかり元気を取り戻した自転車は、男の子を乗せて帰っていった。

自転車の次にやってきたのは、サッカーボールだった。最近、持ち主の女の子が勉強ばかりするようになって、全然遊んでもらえなくなったらしい。

だけど、女の子が無事に中学受験に合格して、迎えに来てくれたので、サッカーボールは久しぶりにドリブルをされながら帰っていった。

そのあとも、進路のことで親と大喧嘩《おおげんか》した宇宙人や、最近人間が怖がってくれなくなった幽霊がやってきては、

「帰りたくない」

とか、

「もう帰らない」

とぼやくが、結局は迎えがきて、いっしょに帰っていく。

だけど、女の子だけはずっと帰らないまま、ベンチに残っていた。

実は、女の子はまだ小さい弟と喧嘩をして、思い切り突き飛ばして泣かせてしまったのだ。

自分の方が悪いと分かっている女の子は、誰かに許してもらうのではなく、自分で自分が許せなかったので、帰ることができなかった。

そんな女の子の元に、ひとりの男の子がやってきて……。


最後まで読み終えて、圭介は、ふーっと大きく息を吐き出した。

こんなに夢中になって本を読んだのは初めてだ。

圭介も、赤ちゃんが生まれたら自分の帰る場所がなくなってしまうんじゃないかと不安だったから、主人公の女の子や、「帰りたくない」というみんなの気持ちが理解できた。

それだけに、最後の場面で、女の子が弟とお母さんと手をつないで帰っていったときは、自分のことのように嬉しかった。

この本がすっかり気に入った圭介は、大伯母の貸し出しカードで借りてもらって、家に持ち帰った。

次の日。
朝食を食べ終えた圭介が、さっそく『かえりたくありません』を読み返していると、

ジジジジジジ！

目覚まし時計を何倍にもしたような激しい音とともに、セミが窓から飛び込んできた。
「ひゃあっ！」
圭介が裏返った声で悲鳴をあげながら、とっさに本を振り回す。
セミは部屋の中を一周すると、すぐに入ってきた窓から出ていった。
ようやく落ち着いて、本に目をやった圭介は、真っ青になった。
振り回した拍子に、ページが大きく破れてしまったのだ。
男の子を乗せて帰っていく青い自転車が、前後の車輪の間でまっぷたつになっている。
（どうしよう……）
圭介は泣きそうになった。
大伯母は庭で洗濯物を干していて、いまの騒ぎには気づいていないようだ。

圭介は戸棚からセロハンテープをこっそり持ち出すと、破れたところをていねいに貼り合わせた。

そして、リュックに本を入れると、大伯母に「図書館に行ってきます！」と声をかけて、返事を待たずに飛び出した。


図書館までは、駆け足で五分もかからなかったが、サービスセンターに着いたときには、圭介は汗だくになっていた。

カウンターの中では昨日の男の人が、本を開いて何か作業をしている。

上手に貼れているし、このまま黙って返せば、きっとばれないだろう——そう思いながら、カウンターに近づこうとしたとき、

「あー、まただ」

カウンターの横で、中身を確かめるように本をパラパラとめくっていた吉川さんが、一冊の本を男の人の前に置いた。

「見てくださいよ、遠藤《えんどう》さん。またセロハンテープで貼ってますよ」

その台詞に、圭介は心臓が口から飛び出しそうになった。

そんな圭介に気づく様子もなく、吉川さんは興奮した口調で続けた。

「破れても、セロハンテープだけはやめてくださいって、あれだけお願いしてるのに

……」

圭介が呆然としていると、男の人――遠藤さんが、圭介に気づいて顔をあげた。

「おお、ぼうや。今日はひとりで来たのか?」

二人の視線を受けて、それまで気持ちが張り詰めていた圭介は、緊張が一気に破裂して大声で泣き出した。

「あーん!」

吉川さんが、びっくりした顔でカウンターから出てきて、圭介の前にしゃがみこむ。

「どうしたの? おうちの人とはぐれちゃったの?」

しかし、圭介は泣きながら首を振るばかりで、何も答えられなかった。

しばらくして、ようやく落ち着いた圭介は、リュックから本を取り出すと、破れたページを開いて見せた。

それを見て、ようやく圭介が泣き出したわけを理解した吉川さんが、気まずそうな表情を浮かべていった。

「ごめんなさい。わたしがあんなこといったから、怖くなっちゃったのね」

「大丈夫だ」

まだしゃくりあげている圭介の頭に、遠藤さんが昨日と同じように大きな手をのせて、ニッと笑った。

「おれにまかせとけ」

遠藤さんは圭介をカウンターの内側に連れていくと、ドアを開けて、事務所へと入っていった。

そして、手近な机に圭介から受け取った本を置いて、破れたページをダブルクリップで固定すると、どこからかドライヤーを持ってきた。

どうしてドライヤー？　と不思議に思っている圭介の目の前で、遠藤さんはドライヤーのスイッチを入れて、テープに温風を当て始めた。

しばらくして、粘着力の弱まったテープの端を、ピンセットで慎重につまみ上げると、綿棒の先に溶剤をつけて、テープと本の隙間に差し込みながら、ゆっくりと剥《は》がしていく。

圭介の貼ったセロハンテープが完全に剝がれると、遠藤さんは別のテープを取り出して、破れ目の上から貼りなおした。

よく見ないと、破れていることが分からないくらい、見事な仕上がりだ。

いつのまにか泣くことも忘れて、その手際にみとれていた圭介に、

「修理用のテープじゃないと、いまはいいんだけど、十年も経つと、こんな風になってしまうんだ」

遠藤さんはそういうと、机の端にあった別の本を開いてみせた。

その本も、破れたところをセロハンテープで補修してあったが、すっかり変色して、黄色くなってしまっている。

「こうなったら、剝がしても跡が残っちまう。だから、破れたりしても自分で直す前に、

まず声をかけてくれってお願いしてるんだ」

「遠藤さんは、本のお医者さんって呼ばれてるのよ」

いつのまにか入ってきた吉川さんが、二人の後ろから声をかけた。

「そんなたいそうなもんじゃないよ」

照れたように笑って頭をかく遠藤さんを、圭介は憧れの表情で見つめていた。


それから圭介は、夏休みの間、毎日のように図書館に通った。

遠藤さんは本当に修理の達人として有名みたいで、ほかの図書館では手に負えなかった本が、次々と〈播磨図書館〉に送られてきた。

「図書館に、本の修理を見に来るのは、お前くらいなもんだぞ」

遠藤さんは苦笑しながらも、圭介に修理の技術をいろいろと教えてくれた。

ページの折れ目を直すには、アイロンを低温で当てること。

古い本は糸で綴じてあるため、針と糸で本を縫うようにして修理をすること。

破れただけならなんとかなるけど、雑誌から好きなアイドルの写真を切り取られてしまうと、どうしようもないこと……。

「本の修理ってのは、無口な患者の手術みたいなもんだ」

あるとき、遠藤さんは剝がれた本の背を糊《のり》づけしながら、少しさびしそうな顔でいった。

「パッと見ただけで、明らかに分かる傷もあるが、分かりにくかったり、隠れているものもある。人と違って、本は喋れないからな。こっちでちゃんと見つけてやらないといけないんだ」

「ぼくも、本のお医者さんになれるかな」

圭介がそういうと、遠藤さんはちょっとおどろいたように目を見開いて、それからすぐに笑顔になった。

「ああ、きっとなれる。だけど、いまはそんなこと考えずに、お前はお前の仕事をすればいいんだ」

「ぼくの仕事？」

「本を読んだり、勉強したり、友だちと遊んだり……それで、大人になってまだ図書館の仕事に興味があったら、選択肢のひとつに加えてくれればいいさ」

遠藤さんの言葉は、そのころの圭介にはよく分からなかったけれど、なんとなく自分のことを思っていってくれているのが分かったので、圭介は笑顔で「うん」とうなずいたのだった――。

最後まで読み終えると、圭介はパタリと本を閉じた。

あのあと、夏休みが終わる直前に、妹が生まれたという連絡をうけて、圭介は遠藤さんたちにあいさつする暇もなく、播磨町を離れた。

それから何年かして、大伯父の家で親戚の集まりがあったときに図書館をのぞいてみたが、遠藤さんも吉川さんも異動したのか、図書館からいなくなっていた。

(いまごろ、どうしてるのかな……)

目を閉じて、二人の面影を思い浮かべているうちに、朝から法事で疲れていた圭介は、いつしか眠りに落ちていった――。


「……ねえ、お兄ちゃん」

少し舌足らずな高い声と、服のすそを引っ張られる感触に、圭介は目を覚ました。

目の前には、絣《かすり》の着物を着た男の子が立っている。

「ん? どうしたの?」

圭介が声をかけると、

「そろそろ起きないと、患者さんが待ってるよ」

男の子はそういって、首をかたむけた。

「患者さん?」

まだ覚め切っていない頭で立ち上がった圭介は、自分の姿を見ておどろいた。

「え?」

いつのまにか、黒いダウンもダークグレーのジャケットも脱いで、シャツの上から医者のような白衣を着ていたのだ。

戸惑いながらまわりを見回すと、そこは図書館ではなく、病院の診察室のような白い部屋だった。

自分が座っていたのも、図書館の丸椅子ではなく、背もたれとキャスターが付いた立派な椅子だ。

圭介が言葉もなく立ったままでいると、

「お兄ちゃん、お医者さんでしょ？」

男の子が無邪気に笑いかけてきた。

「違うよ。ぼくは図書館の……」

真面目に答えようとした圭介は、途中で言葉を飲み込んだ。

（これは夢だな……）

たぶん、遠藤さんのことを思い出していたせいで、「本のお医者さん」から本物の医者を連想したのだろう。

「患者さんに入ってもらってもいい？」

男の子の言葉に、

「うん、どうぞ」

圭介がうなずくと、白いドアが開いて、五歳か六歳くらいの女の子が入ってきた。

胸には大事そうに絵本を抱えている。

『雨の日のおくりもの』

雨の日におつかいに出かけた女の子が、思いがけないおくりものを受け取る、というお話だ。

入ってもらったはいいけど、どうやって診察しようかと思っていると、

「はい」

女の子は絵本を開いて差し出した。

「え?」

反射的に本を受け取った圭介は、開かれたページを見て、思わず顔をしかめた。

絵本のクライマックス、女の子が、三年前に亡くなった大好きなおばあちゃんと相合傘をしている場面で、二人を引き裂《さ》くように、ページが大きく破れていたのだ。

目に涙を浮かべて、

「治りますか?」

とたずねる女の子を見て、圭介はようやく理解した。

(そうか。ここは、本の病院なんだ)

よく見ると、部屋のすみにはベッドではなく、図工室にあるような作業台が置いてある。

そして、その上には、注射器ではなくアイロンが、塗り薬や包帯ではなく、糊や補修用のテープが並んでいた。

すべて、本を修理――いや、治療するための道具だ。

「うん、大丈夫だよ」

圭介は女の子に笑いかけると、作業台に移動して、本を開いた。

紙が厚いため、破れたところに糊しろのような部分ができている。

圭介は薄めたでんぷん糊を、綿棒の先につけてページに塗ると、そっと貼り合わせた。

はみでた糊がほかのページにつかないように、クッキングシートで両側から挟む。

そして、女の子に返しながら、

「傷口が完全にふさがるまで、少し時間がかかるから、おうちに帰ったら何か重しをのせておいてくれるかな？」

圭介がそういうと、女の子は大事そうに本を胸に抱きしめて、深々と頭をさげた。

「ありがとうございました」

女の子が笑顔で出ていくと、

「次の方、どうぞ」

すっかり医者の気分になった圭介は声をかけた。

着物の男の子が、ドアを開けて次の患者を招き入れる。

入ってきたのは、大学生くらいの男性だった。

「すみません。これなんですけど……」

差し出したのは、有名な海外のミステリー小説だ。

『紅茶と猫と謎解きと』

紅茶専門店のマスターが、お客さんが持ち込んだ謎を、紅茶を飲みながら推理するというシリーズで、渋いマスターが自信満々に的外れな推理を披露して、店のマスコット的存在でもある黒猫の出すヒントで、お客さん自身が真相に気づくというユーモアミステリーだ。

その文庫本の後ろから三分の一くらいのところに、飲み物をこぼしたような染みができている。

「マスターの気持ちになろうと、紅茶を飲みながら読んでたら、飼っている猫が膝に飛び乗ってきて……」

男性は肩をすぼめて小さくなりながら説明した。

「それは、いつのことですか？」

「えっと……まだ一時間も経ってないと思います」

飲み物をこぼした場合、時間が経過していたり、範囲が広かったりすると、元通りにするのが難しいが、この程度なら、なんとかなりそうだ。

ただし、染みを抜くのに時間がかかるため、この本には一晩入院してもらうことにした。

ミステリーの続きが気になる男性が、何度も振り返りながら帰っていったあとも、圭介は治療を続けた。

破れた傷は、糊と補修用テープで目立たないように。

ページが折れたり、まるまったりしたものは、低温のアイロンを当てて。かびが目立つ本は、消毒薬でふいたり、やすりでこすったりしたあと、太陽に当てるように指導した。

（不健康だから日光を浴びるようになんて、まるで人間のお医者さんだな……）

心の中で苦笑しながら、次の患者さんを呼ぶと、着物姿のおじいさんが、ぼろぼろになった本を持って入ってきた。

その手元を見て、圭介は緊張した。

おじいさんが手にしていたのは、和綴じの本だったのだ。

和綴じとは、昔の製本方法で、折った和紙に穴をあけて、糸で綴じたものだ。

「治せますか？」

おじいさんは、試すような目で圭介を見た。

県立中央図書館にも、古い本は所蔵されていて、圭介も研修で習ったことはあるが、実際に扱うのは初めてだ。

気持ちを引き締めて、作業台に向かう。

さいわい、紙はそれほど傷んでいなかったので、糸だけを取り換えることにした。ところどころ千切れかけている糸をすべて解いて、針に通した新しい糸を、穴から穴へと渡していく。

本当に医者になったような気持ちで最後まで綴じ終えると、おじいさんは満足そうに

笑って、

「ありがとうございます」

と、何度も頭をさげながら帰っていった。

ようやく患者の列がとぎれて、圭介がドサッと椅子に腰をおろすと、

「お疲れ様」

男の子がミニペットボトルの温かいお茶を持ってきてくれた。

「ありがとう」

キャップを開けて、一口飲んだ圭介は、そのままスーッと心地よい眠りに吸い込まれていった――。


ガクン、と体が倒れるような感覚に、圭介は目を覚ました。

「……あれ？」

気がつくと、圭介はサービスセンターの受付前に置かれた長椅子に、ひとりで座っていた。

立ち上がって振り返ると、図書館があったはずの場所には緑のカーペットが敷かれ、名前も図書館ではなく、〈赤ちゃん広場〉になっている。

「あ、あの……」

圭介は、ちょうど通りかかった職員らしき女の人に声をかけた。

「ここにあった図書館は……」

「図書館なら、去年、駅ビルの中に移転しましたよ」

職員さんはそういうと、忙しそうに去っていった。

（さっきのは、図書館の幽霊だったのかな……）

圭介が長椅子に目を向けると、『かえりたくありません』が消えて、代わりにお茶のミニペットボトルが置いてあった。


圭介はセンターを出て、駅へと向かった。

来たときには気づかなかったけれど、たしかに改札の前の天井から、図書館への案内表示が下がっている。

その表示に従って通路を歩くと、一分もかからずに図書館に到着した。

自動ドアを通って、盗難防止用のゲートを抜けると、そこには明るい空間がひろがっていた。

たくさんの人で賑《にぎ》わっているし、広さもサービスセンターとは比べ物にならない。

圭介が館内をぶらぶらと歩いていると、〈集会室〉というプレートがついたドアが目の前で開いて、

「おいおい、どうなってるんだよ」

とぼやきながら、白髪を短く刈り上げた男性が出てきた。

その顔を見て、圭介は思わず声をあげた。

「遠藤さん！」

反射的に足を止めた男性——遠藤さんは啞然《あぜん》として圭介を見つめていたが、やがて大きく息を吸いこむと、ここが図書館だということも忘れたような声を出した。

「お前……もしかして、圭介か!?」

今度は圭介が目を丸くする番だった。

「よく分かりましたね」

「当たり前だろ。立派になったなあ……今日はどうしたんだ？　おれに会いに来てくれたのか？」

「あ、いえ、そうじゃなくて……って、遠藤さん、ここで働いてるんですか？」

「まさか。もうとっくに退職して、いまは週一回のボランティアだよ」

「そうなんですか」

圭介は、法事でこっちに来ていて、サービスセンターに立ち寄ったら図書館が移転したと聞いたので、見学に来たのだといった。

「それより、何かあったんですか？」

圭介は集会室のドアに目を向けながら聞いた。

「いやあ、それがさ……」

再びドアを開けた遠藤さんに手招きされて、圭介は中に入った。

長机が部屋の中央に集められて、十数冊の本が並べられている。

ジャンルはバラバラで、絵本もあれば、文庫本や、和綴じの本まであった。

「ぎっくり腰で一週休んだだけで、修繕待ちの本が溜まってるっていうから、一か所にまとめておいてくれっていったんだけど、来てみたらどれも補修が終わってるんだ」

圭介は一番手前にあった本を手に取った。

それは『雨の日のおくりもの』だった。

ページを開くと、女の子とおばあちゃんの相合傘の上から、クッキングシートをかぶせてある。

そのとなりには『紅茶と猫と謎解きと』もあった。

よく見ると、どれも圭介が、さっき夢の中で補修した本ばかりだ。

圭介が呆然としていると、ノックの音がして、女の人が入ってきた。

「どうですか、遠藤さん」

「どうもこうも、全部補修が終わってるじゃないか」

「え？　でも、今朝確認したときには、破れがあったり、染みがついてたりして……」

「それが、全部直ってるんだよ。それも、誰がやったか知らないが、かなり丁寧な仕上がりだ」

二人のやりとりをくすぐったい思いで聞きながら、圭介は壁のポスターを見た。

貸出期限は守りましょう、という文字の下で、絣の着物を着た男の子が、にこにこしながら大量の本を抱えて運んでいる。

「それはうちのキャラクターで、〈図書館童子《わらし》〉っていうのよ」

いつの間にか、そばに来ていた女の人が、圭介に話しかけた。

「図書館に住んでいて、図書館に来る人に幸せを運んでくれるの」

「へーえ、そうなんですか」

たしかに、自分には幸せと、それから温かいお茶を運んできてくれたな、と圭介がニヤニヤしていると、

「それにしても、すっかり見違えたわね。わたしも年をとるはずだわ」

女性は圭介に向き直って、感慨深そうにいった。

「え？」

圭介は女性の顔をまじまじと見つめて、おどろきの声をあげた。

「吉川さん？」

吉川さんは、笑ってうなずくと、

「いまは、ここの副館長をしているの」

といった。

もともと市役所の職員だった吉川さんは、サービスセンターのあと、何度かの異動を経

て、去年、移転と同時に副館長として図書館に戻ってきたのだそうだ。

「いまはなにをしてるの？」

圭介は一瞬ためらったあと、自分の置かれている状況を正直に話した。

「なんだ、しっかり本のお医者さんになってるじゃないの」

吉川さんは、圭介の背中を、バシッと叩いた。

「そんなことないですよ……」

圭介は苦笑しながら、背中をさすった。

実際、ほんの少し前まで、もう諦めようかと思っていたくらいなのだ。

だけど、図書館の幽霊に励まされ、遠藤さんにも仕事ぶりを褒められて、いまはもうしばらくがんばろうという気持ちになっていた。

「ただ、なかなか募集がなくて……」

圭介がぼやくと、

「そういえば、最近欠員が出て、職員を募集してる図書館があったわよ」

吉川さんがいった。

「雲峰市っていうところで、ここからちょっと離れてるんだけど……」

「ほんとですか？」

圭介は勢い込んで、吉川さんにうったえた。

「応募してみたいです」

「いっとくけど、別にコネがあるわけじゃないからね」

吉川さんは腰に手を当てていった。

「わたしは募集があることを教えるだけ。あとは、天野くん次第だから」

圭介はうなずいた。

もちろん、これで夢が叶うとは限らない。

だけど、夢に向かって一歩ずつでも進まなければ、夢には近づけない。

「待ってるぞ」

遠藤さんが、二十年前と同じように、その大きな手を圭介の頭にのせた。

胸が詰まって、思わず涙ぐみそうになった圭介が、ごまかすようにそらした視線の先で、
図書館童子がにっこり笑っていた。

解説

大崎　梢

本作の主人公は雲峰《くもみね》市内の小学校に通う女の子、茅野《かやの》しおり。図書館が大好きで、晴れた日はもちろん、雨の日も雪の日もせっせと足を運ぶ。従姉《いとこ》の美弥子《みやこ》さんが司書として働いているので、本についてなんでも相談できる上に、しおりが遭遇する数々の出来事や不可思議な現象、気になる人物や言葉に、貴重な助言を授けてくれる。

ならばこの、美弥子さんがいわゆる探偵役かと言えばそうでもない。図書館を通じて知り合ったさまざまな大人、ときには同級生や小さな子どもまでが、解決にあたってのヒントをもたらす。それが本作の魅力のひとつだろう。謎《なぞ》に対して直接的な答えが差し伸べられることはなく、人々との関わりの中から、しおり自身が自分のペースで真相にたどり着く。

物心つく前から母ひとり子ひとりという家庭事情はあるものの、しおりには豊かな感性や柔らかさがあって、本をより良く楽しんでいる。それに加えて本を読むことで、視野の広さや物事を受け止めるための器の大きさ、深さ、他者への想像力などが鍛えられていく。

読書の特性をしおりの成長からごく素直に、自然と気付かされる。

もとは児童書だが、大人にも人気な理由はこのあたりにあるのかもしれない。ほのぼのとした優しい雰囲気をまといつつも、骨格はしっかりしているので、年齢を選ばず噛《か》みごたえがちゃんとある。

長く続いたこのシリーズの作者は、私の昔ながらの友だちだ。出会いは二十年以上前に遡《さかのぼ》る。プロの物書きを目指すアマチュアがネットを通じて知り合い、気の合った数人がリアルで集まり、小説のことも、小説以外のこともたくさん話した。

私はそのころ結婚して子どももいるパート勤めの主婦で、緑川さんはまだ学生だった、と思う。年齢も境遇も、住んでいる地域さえちがっていたのだけれど、プロを目指すアマチュアという共通項があれば〝同志〟感は芽生えたし、私にとっては刺激をもらうだけでなく、他愛《たあい》もない雑談はつい入りがちな肩の力をいい感じに抜いてくれた。まだまだこれからという前向きな気持ちにさせてくれた。

今思えば、彼にはしおりのような感性や柔軟性が備わっていたのだろう。

その彼との会話で、今でも覚えていることがある。一冊の本を作るときに四百枚の原稿が必要だとして、私が一番書きやすいのは「七十枚くらいの原稿を六本くらいかもしれない」と話したところ、緑川さんは「僕は二十枚の原稿を二十本、なんなら十枚の原稿を四十本」と応じた。なんというちがい。そんな人がいるなんてと、とても驚かされた。

今回、解説の依頼を受けて既刊本を読み返し、あのときの言葉を思い出さずにいられなかった。作中でしおりの読む本は、すべて作者の創作ではないか。本作にもあふれるほど登場する。『象つかいの夜』『ひまわりの冒険』『春待つ理』『魔女かもしれない』『たたかうおひめさま』『竜のもりびと』『エッダの手帳』『迷子の王国』。タイトルだけでなく、あらすじも添えられている。どれもが面白そうで好奇心をくすぐられる。

しおりの「読みたい」という気持ちに大いにうなずき、つまりは知らず知らず共感しているのだ。しおりを通じて図書館にときめき、未読の本にわくわくしている自分がいる。つくづく本シリーズは緑川さんの個性を存分に活かしている。デビュー作が『晴れた日は図書館へいこう』なのは、天の配剤にちがいない。年月が経っても色あせることなくこうして新刊が発表される。

しおりは本書で小学六年生になり、ひとつの節目を迎える。

1話目の『二冊の本』は、〝わたしの本〟がキーになった謎解き話で、しおりは同級生の女の子から、生まれたときにお母さんから贈られた本を図書館で教えてもらう。その本がなぜ選ばれたのか。理由はひとつだけではなく、さらなる物語が潜んでいる。

2話目は大人の方にとって、なかなか痛い話だ。小学生にはピンと来なくても、大人には思い当たる節が各人あるだろう。迷子同然の自分に気付くこと、困っている自分は恥ずかしくないと心に刻むこと、それが今いる場所から歩き出すための大事な一歩になりえる。

3話目はタイトルにある『偽名』について、しおりを含めた数人がさまざまな推理を働かせる。この様式としては本シリーズの二巻目に収録されている『九冊は多すぎる』がパッと浮かんだ。どちらも大変面白い。

そして4話目の『おすそわけ』は、しおりのこれからがほんのり指し示されていて感慨深い。たくさん枝分かれしている未来への道の、どれを選び取っていくのだろう。どの道を進んでも、大好きな本を胸に抱えながら泣いたり笑ったりを重ねていくのだと、まぶしくも甘酸っぱく思う。

5話目の『物語は終わらない』はシリーズ本編の最終話という位置づけだが、がつんと謎が提示されハラハラさせられた。私なりに推理してみたがちっとも解けない。名探偵の名推理に唸らされる王道の展開だ。ミステリ作家として本領発揮の緑川さんに賛辞を贈りたい。

しおりたち家族のゆるやかな明るい一歩が描かれる5話目に、不穏なミステリを投入するところなど実に緑川さんらしく、拍手も脱帽もするので、ぜひともシリーズにピリオドを打つことなく、またしおりに会わせてほしい。少し成長した彼女と一緒に図書館を歩かせてほしい。

そこには未知なる本がたくさんあるだろう。そして、とびきりの謎も。

ハラハラしたりわくわくしたりの柔らかな心を、私も失わず、持ち続けなくてはと思うことしきり。

（作家）

初出

第一話　二冊の本……「WEB asta*」二〇二三年九月二十七日・十月四日
第二話　迷子の王国……「WEB asta*」二〇二三年十月十一日・十八日
第三話　偽名……書き下ろし
第四話　おすそわけ……書き下ろし
第五話　物語は終わらない……書き下ろし
番外編　あの日の図書館……『季刊 asta*』vol.2（二〇二二年一月）

晴《は》れた日《ひ》は図書館《としょかん》へいこう

物語《ものがたり》は終《お》わらない

緑川聖司《みどりかわせいじ》

2023年11月5日初版発行

発行者……………千葉 均
発行所……………株式会社ポプラ社
〒102-8519 東京都千代田区麹町4-2-6

フォーマットデザイン 荻窪裕司(design clopper)
組版・校閲 株式会社鷗来堂
印刷・製本 中央精版印刷株式会社

落丁・乱丁本はお取り替えいたします。
電話(0120-666-553)または、ホームページ(www.poplar.co.jp)のお問い合わせ一覧よりご連絡ください。
※電話の受付時間は、月～金曜日、10時～17時です(祝日・休日は除く)。

本書のコピー、スキャン、デジタル化等の無断複製は著作権法上での例外を除き禁じられています。本書を代行業者等の第三者に依頼してスキャンやデジタル化することはたとえ個人や家庭内での利用であっても著作権法上認められておりません。

ポプラ文庫ピュアフル

ホームページ www.poplar.co.jp
©Seiji Midorikawa 2023 Printed in Japan
N.D.C.913/300p/15cm
ISBN978-4-591-17583-5
P8111345

みなさまからの感想をお待ちしております

本の感想やご意見をぜひお寄せください。いただいた感想は著者にお伝えいたします。

ご協力いただいた方には、ポプラ社からの新刊やイベント情報など、最新情報のご案内をお送りします。

ポプラ文庫ピュアフルの好評既刊

本と図書館を愛する人に贈る、
とっておきの〝日常の謎〟

緑川聖司
『晴れた日は図書館へいこう』

装画：toi8

茅野しおりの日課は、憧れのいとこ、美弥子さんが司書をしている雲峰市立図書館へ通うこと。そこでは、日々、本にまつわるちょっと変わった事件が起きている。六十年前に貸し出された本を返しにきた少年、次々と行方不明になる本に隠された秘密……

本と図書館を愛するすべての人に贈る、とっておきの〝日常の謎〟。知る人ぞ知るミステリーの名作が、書き下ろし短編を加えて待望の文庫化。

本にまつわる事件はお任せ！

ほのぼの図書館ミステリー第2弾

緑川聖司
『晴れた日は図書館へいこう　ここから始まる物語』

装画：toi8

館内にこっそり置かれ続けるドッグフードの缶詰に、クリスマスツリーから消えた雪、空飛ぶ絵本に、半世紀前に読んだきり題名の分からない本を見つけてほしいという依頼……図書館が大好きな少女・しおりが、司書をしているいとこの美弥子さんたちと一緒に、本にまつわる謎を追う――。

大好評のほのぼの図書館ミステリー第二弾！　書き下ろし短編も収録。

〈解説・光原百合〉

幻の司書を探す男性に、切り裂かれた本の秘密——
ほのぼの図書館ミステリー第3弾

緑川聖司
『晴れた日は図書館へいこう　夢のかたち』

装画：toi8

本が大好きな少女・茅野しおりの楽しみは、憧れのいとこ・美弥子さんが司書を務める雲峰市立図書館へ通うこと。幻の司書をさがす男性、〈本と海〉に隠された宝の地図、本を残して家出した少年に切り裂かれた本の秘密……しおりと美弥子さんたちが図書館で起こる一風変わった事件の謎を追う、大好評ほのぼの図書館ミステリー！